Sonja Kaiblinger

Chloé und der Sprung in der Schüssel

Alle bisher erschienenen Bücher
von *Sonja Kaiblinger* im Loewe Verlag:

Chloé

Band 1: Chloé völlig von der Rolle
Band 2: *Chloé und der Sprung in der Schüssel*

Scary Harry

Band 1: Von allen guten Geistern verlassen
Band 2: Totgesagte leben länger
Sonderausgabe: Fledermaus frei Haus
Band 3: Meister aller Geister
Band 4: Ab durch die Tonne
Band 5: Hier scheiden sich die Geister

Verliebt in Serie

Band 1: Rosen und Seifenblasen
Band 2: Lilien und Luftschlösser
Band 3: Tulpen und Traumprinzen

Sonja Kaiblinger

Chloé

und der Sprung in der Schüssel

Mit Illustrationen von Vera Schmidt

Loewe

FSC
www.fsc.org
MIX
Papier aus verantwortungsvollen Quellen
FSC® C014496

ISBN 978-3-7855-8239-8
1. Auflage 2017

Illustrationen: Vera Schmidt
Umschlaggestaltung: Michael Dietrich
Redaktion: Mareike Schlensog
Printed in Germany

www.loewe-verlag.de

Inhalt

ARIELLE
Pauline
Angelique
Heiko

ICH HABE
Ernst
Chloé

Ein übler Zwischenfall

Heute, und das ist wirklich eine Ausnahme, bin ich einfach nur glücklich. Das liegt einerseits daran, dass der Welttoilettentag, und somit mein Geburtstag, vor der Tür steht. Andererseits daran, dass meine Clique in den letzten Wochen gewachsen ist. Denn seit dem Schulfest habe ich eine neue Freundin: Ihr Name ist Pauline Schramm und sie ist ziemlich schräg. Und das nicht nur, weil sie ein Faible für uralte Disneyfilme und gesundes Essen hat, sondern auch, weil sie die schlimmste Zimtzicke jenseits von Paris zur Stiefschwester hat: Ich spreche von niemand Geringerem als Angelique – unserer hübschen blonden Schulstreberin, die mit ihren zwölf Jahren schon mehr Schminkzeug besitzt als meine Tante Trude. Und das will etwas heißen, immerhin stellt Tante Trudes Glitzerschminke jedes Jahr am 24. Dezember selbst Mamas Christbaumschmuck in den Schatten.

Mit Pauline als neuer Freundin habe ich also allen Grund, voll und ganz zufrieden zu sein. Das ist richtig ungewöhnlich, denn normalerweise gibt es immer irgendetwas, das mich beschäftigt. So ticke ich nun mal, alle die mich kennen, wissen das. Für den Fall, dass ihr noch nicht dazugehört, gar kein Problem. Ich bringe euch auf den neuesten Stand: Meine Wenigkeit, Chloé, bald zwölf Jahre alt, fasziniert von Toiletten aller Art und stolze Verfasserin der ersten weltweiten *EnzyKLOpädie*, dem gigantischen Nachschlagewerk zum Thema Bedürfnisanstalt, halte normalerweise nie meine Klappe. Und nicht nur das – ich bin sogar ziemlich frech und vorlaut. Das liegt daran, dass bei uns am Notburga-von-Sorgenfrey-Gymnasium immer etwas los ist und Dinge passieren, zu denen man einfach seinen Senf geben *muss*. Zum Beispiel, wenn mein bester Kumpel Ernst Fröhlich wieder einen seiner genialen (so genial sind sie aber meistens nicht, seid versichert!) Streiche spielt. Oder wenn auf der Mädchentoilette ein neues Gerücht die Runde macht. Oder Angelique einen Schreianfall bekommt, weil ihr überraschend ein Pickel wächst.

Aber soll ich euch was sagen? Seit wir wissen, dass sie gerne Einhorn-Unterhosen trägt, finden wir sie doch ein wenig sympathischer. Außerdem hat sie heute, während unser Direktor Oberhauser die kranke Englischlehrerin Frau Kümmel vertritt, noch keinen einzigen schleimerischen Kommentar von sich gegeben. Sie ist zwar immer noch eingebildeter als unser Schul-Perserkater Giovanni (wenn sie verärgert ist, schneidet sie eine Grimasse und sieht ihm dabei erschreckend ähnlich) und hängt ausschließlich mit Marie und Jacqueline, ihrem französischen Hofstaat, herum – aber vielleicht gibt es ja doch noch Hoffnung für Angelique.

Im Gegensatz zu Angelique beteiligen sich die Jungs heute so aktiv am Unterricht wie noch nie zuvor. Die Hand jedes einzelnen männlichen Wesens unserer Klasse streckt sich zur Decke, als gäbe es eine Xbox für denjenigen zu gewinnen, den Direktor Oberhauser zuerst drannimmt. Ernst kann sich beim Melden fast nicht mehr beherrschen und gibt ein jämmerliches Winseln von sich, während seine Hand verzweifelt durch die Luft rudert.

Okay, ich gebe zu, das ist ungewöhnlich. Sehr ungewöhnlich. Normalerweise sind die Jungs im Unterricht entweder kurz vorm Einschlafen, zücken unerlaubt ihre Handys, zerkauen ihre Stifte, bemalen Radiergummis oder zeichnen blutrünstige Comics in ihre Schulbücher. Bestimmt fragt ihr euch jetzt, was wir in der Vertretungsstunde durchnehmen, das die Jungs dermaßen in Aufregung versetzt. Und nein, wir haben heute weder Aufklärungsunterricht, noch planen wir einen Ausflug ins *Disneyland*. Heute geht es schlicht und ergreifend um unser neues Jungsklo. Genauer gesagt darum, wie es später einmal aussehen könnte.

»Eine Bowlingbahn! Das Jungsklo braucht unbedingt eine eigene Bowlingbahn«, schreit Sven aus der letzten Reihe und erntet dafür begeisterte »Wuhuu!«-Rufe seiner Kumpels. »Und wenn das nicht geht, Herr Direktor, dann zumindest den Stereoblaster 3000, diese spitzenmäßige Ultra-Hightech-3.000-Watt-Bluetooth-Soundanlage mit integrierter Smartphone-Dockingstation.«

»Eine was?« Unser Direktor Oberhauser, den wir alle meistens Oberhäusl nennen, guckt verdattert in Svens Richtung und hat offensichtlich kein Wort verstanden.

»Eine Musikanlage«, übersetzt Angelique und rollt mit den Augen.

»Ach, eine Musikanlage.« Oberhäusl lässt die Brille auf die Nase gleiten und macht sich Notizen. »Mit der Bowlingbahn wird es nicht klappen, dafür ist der Platz auf der Jungstoilette zu klein. Aber das mit der Musikanlage können wir vielleicht einrichten. Allerdings mit einer Lautstärkenbegrenzung, immerhin ist das hier eine Schule.«

»Fehlt nur noch eine Dartscheibe«, ergänzt Jonas.

»Und ein Tischkicker«, schallt es aus den hinteren Reihen.

»Oh ja!« Jonas' Augen leuchten wie sonst nur am letzten Schultag vor den Sommerferien. »Und eine Minibar. Wo es eisgekühlte, kostenlose Cola gibt.«

»Und Bier!«, ergänzt Paul. Paul ist schon vierzehn und wiederholt zum zweiten Mal.

»Bier?«, wiederholt Oberhäusl. Zum ersten Mal seit ich ihn kenne, wirkt unser Direktor regelrecht entsetzt, dabei bringt ihn sonst nichts so schnell aus der Fassung. »Ich glaube, ich höre nicht richtig! Das ist eine Schultoilette und kein Kneipenklo!«

»Was wäre, wenn wir dem Klo ein Thema verpassen?« Endlich kommt Ernst zu Wort. »Eine Grusel-Toilette. Stellt euch das mal vor! Schwarze Klobrillen, Fledermäuse, Spinnweben und Skelette, die von der Decke baumeln. Wie in der Geisterbahn.«

»Ein Jungsklo ist ohnehin gruselig genug, ganz ohne Special Effects«, mische ich mich in die hitzige Diskussion ein. »Dort stinkt's nämlich. Und ekelhaft ist es auch, nebenbei bemerkt.«

»E-KEL-HAFT? Was soll das denn heißen?«, empört sich Ernst und funkelt mich an, als würde er mir am liebsten auf der Stelle die Freundschaft kündigen. »Jungs sind viel reinlicher, als ihr Mädchen denkt. Wir sind doch keine Schweine.«

»Schweine sind außerdem äußerst saubere Tiere«, ergreift noch Herr Direktor Oberhäusl für die Jungs Partei. Wie es aussieht, habe ich ihn gerade persönlich beleidigt – wahrscheinlich kein Wunder, immerhin ist er ebenfalls ein Junge, wenn auch schon ein ziemlich alter.

»Na … dann seid ihr eben keine Schweine … sondern Stinktiere!«, mischt sich Melanie ein. Meine beste Freundin Melanie ist ein wandelndes Lexikon und weiß alles über Tiere. »Wusstet ihr, dass Skunks am Hinterteil zwei Ausgänge besitzen, mit denen sie furchtbare Gerüche absondern können?«

»Gleich zwei Ausgänge?«, kichert Paul und stupst Ernst an. »Ist ja abgefahren.«

Aber Ernst hört gar nicht hin. Stattdessen dreht er sich rum und funkelt Melanie verärgert an. »Stinktiere? Bei dir piept's wohl, Mel. Wir Jungs wissen sehr wohl, wie man einen Klobürste benutzt, stimmt's, Freunde?«, fragt Ernst in die Runde. Einige Jungs nicken zögerlich, andere wiederum machen ein Gesicht, als würden sie Klobürsten nicht mal mit der Kneifzange anfassen.

»Na und? Jungs sind trotzdem *widerhaft*, da hat Chloé

recht«, wirft nun auch Katja ein. Meine zweite beste Freundin hat immer einen coolen Spruch auf Lager. Außerdem hat sie neuerdings eine Vorliebe für das Erfinden eigener Worte, so wie diese Mischung aus *widerlich* und *schauderhaft*. »Selbst wenn sie wissen, was eine Klobürste ist. Oder ein Pümpel!«

»Hä? Was um alles in der Welt ist denn ein Pümpel?«, fragt Ernst.

»Na, dieses braune Gummisauger-Ding, mit dem man verstopfte Toiletten reinigen kann«, erklärt Melanie.

»Igittigitt!« Angelique hält sich die Ohren zu. »Zu viele Details. Ich will wirklich nichts mehr über eklige Gerüche, Pümpel oder Klobürsten hören, habt ihr mich verstanden? Nehmt euch ein Beispiel am *Mädchenklo*. Da riecht es Tag für Tag angenehm frisch nach Bourbon-Vanille.«

»Aber auch nur, weil an der Decke Zerstäuber hängen, die alles übertünchen«, schmettert Ernst zurück. Wenn er wittert, dass Mädchen bevorzugt werden, kann er sich richtig hineinsteigern, seine Wangen sind schon ganz rot. »Denkt ihr etwa, Mädchenpupse riechen nach Rosen?«

»Lalalala«, singt Angelique jetzt und steckt ihre Finger in die Ohren, während sich die ganze Klasse schon vor Lachen biegt. Sogar Direktor Oberhäusl schmunzelt.

Angeliques Freundin Marie runzelt die Stirn und tätschelt mitleidig Angeliques Schulter. »Hör sofort damit auf, Ernst Fröhlich! Sonst übergibt Angelique sich noch.

Sie hat einen äußerst empfindlichen Magen und muss immer würgen, wenn von ekligem Zeug die Rede ist.«

»Zu spät. Mir ist schon übel. Ich glaub, ich muss mal raus«, presst Angelique hervor, erhebt sich von ihrem Stuhl und bahnt sich zwischen den Schultaschen neben den Bänken hindurch ihren Weg zur Tür.

»Aber vergiss nicht, die Klobürste zu benutzen, wenn du reihern musst, Prinzessin«, ruft ihr Ernst noch frech hinterher. Angelique ist schon fast an der Tür angelangt, als diese aufschwingt und die Sekretärin des Direktors die Klasse betritt. Vor Schreck stolpert Angelique zwei Schritte vorwärts, fast in die Dame hinein.

»Huch! Wohin so schnell, junges Fräulein?« Die arme Angelique hat noch nicht mal die Möglichkeit, sich in ihrer Not an dem Überraschungsgast vorbeizuzwängen, denn leider ist der so dick, dass sein Körper den Türrahmen füllt. Da gibt es kein Durchkommen.

»Aufs … Mädchenklo, Frau Hohl-Kopp! Das ist ein Notfall«, stottert Angelique mit inzwischen grünem Gesicht und hält sich den Bauch. Normalerweise bringt der schräge Name der Sekretärin jeden Schüler zum Kichern, aber unsere Oberzicke Angelique verzieht keine Miene – ein Zeichen, dass es ihr wirklich schlecht gehen muss. Oder dass sie keinen Sinn für Humor hat. Oder beides.

Als die Schulsekretärin noch Dagmar Hohl hieß, war auch nichts Lustiges an ihrem Namen zu finden. Aber seit sie vor einigen Monaten den Fotografen Herrn Kopp geheiratet hat, der jedes Jahr die Klassenfotos für den Jahresbericht macht, ist ihr Doppelname die Lachnummer der ganzen Schule. Aber das stört Frau Hohl-Kopp nicht im Geringsten, denn die Sekretärin ist eine echte Frohnatur – an ihrem Schreibtisch summt sie uralte Schlagersongs und futtert tagtäglich Dutzende Orangendrops, während ihr Direktor Oberhäusl Elternbriefe diktiert. Nur heute macht sie ein Gesicht, als gäbe es in der ganzen Stadt keine Orangendrops mehr zu kaufen.

»Das ist ein äußerst ungünstiger Moment«, brummt Frau Hohl-Kopp jetzt. »Das Klo ist bis auf Weiteres abgeriegelt.«

»Abgeriegelt?«, kräht Ernst.

»Es wurde verschlossen, dicht gemacht, der Riegel wurde vorgeschoben«, erklärt Frau Hohl-Kopp genervt. »Aufgrund eines unerklärlichen Zwischenfalls.«

»Jetzt kommen Sie doch endlich auf den Punkt, Frau

Hohl-Kopp. Was denn für einen Zwischenfall?«, drängt Oberhäusl und tritt aufgeregt von einem Bein aufs andere. Er trägt heute zwar wie so oft bunte, ausgefranste Hippie-Klamotten, aber im Gesicht ist er trotzdem ziemlich blass geworden. Kein Wunder, immerhin ist unser Mädchenklo kein gewöhnliches stilles Örtchen, sondern hat ihn und die gesamte Schule eine ordentliche Stange Geld gekostet.

»Jemand hat die Mädchentoilette verwüstet«, rückt Frau Hohl-Kopp schließlich heraus und guckt beschämt auf den Boden. In ihren Augen glitzern Wuttränen. »Herr Direktor, es ist ... eine einzige Katastrophe.«

Mir dreht sich der Magen um, während ich die Worte langsam verdaue. Ein Zwischenfall? Das Mädchenklo wurde ... verwüstet? *Mein* Mädchenklo? Mein schönes, glamouröses Mädchenklo? Mein zweites Zuhause?

Okay, bevor ihr mich jetzt für dämlich oder bescheuert oder, wie Katja neuerdings sagt, *bescheuerlich* haltet, eine kurze Erklärung: Unser Schulklo ist anders als andere, gewöhnliche Schultoiletten. Es ist nicht nur anders, es ist besser. Besser und schöner als jedes Klo, das man sich vorstellen kann. Schöner als das Klo des amerikanischen Präsidenten. Und bestimmt auch schöner als das Klo des reichsten arabischen Ölscheichs. Davon bin ich überzeugt.

Denn unser Klo besitzt nicht nur die Grundausstattung jeder stinknormalen Toilette – damit meine ich Porzellanschüsseln, Waschtische, Seifen und Spiegel – unser Mädchenklo besitzt auch einen Kaugummiautomaten, duftendes Toilettenpapier, ein Sofa, ein Aquarium, einen Kronleuchter und noch viel mehr Schnickschnack. Kein Wunder, dass wir Mädchen uns in den Pausen am liebsten auf dem stillen Örtchen aufhalten – deshalb ist es bei uns auch nicht ganz so still wie vielleicht anderswo.

Denn auf unserem Schulklo ist immer eine Menge los. So wie vor ein paar Wochen, als meine neue Freundin Pauline dort über Nacht von Angelique in eine der Kabinen geschubst und eingesperrt wurde. Oder als Katja, Melanie, Ernst und ich die beschreibbaren Toilettenwände dazu verwendet haben, mithilfe von ausgeklügelten Botschaften aus Pauline das coolste Mädchen der Schule zu machen. Inklusive stacheligen Haustieren und geliehenem Rockstar-Vater.

»Weiß irgendjemand etwas davon? Hat einer von euch etwas bemerkt?«, fragt Herr Oberhäusl jetzt streng und starrt uns Mädchen an. Doch wir alle schütteln den Kopf. Immerhin hat der Schultag gerade erst begonnen, wir hatten noch keine Pause gehabt. Und wie es aussah, war vor der ersten Stunde keines unserer Mädchen auf der Toilette.

»Warum sollten wir denn unser eigenes Klo verwüsten?«, ruft Katja verärgert. »Ist Ihnen denn nicht klar, dass das nur die Jungs gewesen sein können? Die sind doch schon seit Wochen stinksauer, weil sie immer noch die Mobiltoiletten benutzen müssen. Niemand von uns Mädchen würde je–«

»Ruhe jetzt!« Direktor Oberhäusl schneidet Katja das Wort ab. »Frau Hohl-Kopp, ich begleite Sie auf die Mädchentoilette. Ihr bleibt, wo ihr seid! Heinz, du übernimmst die Verantwortung und sorgst für Ruhe, bis ich zurückkomme, verstanden?«

Heinz ist einer unserer Klassenstreber. Wenn ausgerechnet Heinz in der Klasse für Ruhe sorgen soll, hätte man genauso gut einen Pavian Schach spielen lassen können. Der hätte auch kläglich versagt. Denn kaum hat Direktor Oberhäusl die Klasse verlassen, gibt es für uns kein Halten mehr. Katja, Pauline, Ernst, Melanie und ich stürmen ihm hinterher, und der arme Heinz kann nur noch hilflos »Ruhe und Disziplin!« schreien, aber das hört schon keiner mehr.

Stattdessen durchleben wir ein paar bange Sekunden, in denen wir über den Flur hetzen, bis wir schließlich an der Toilettentür angelangt sind, den Vorraum der Mädchentoilette betreten und es uns allen die Sprache verschlägt.

Vandale, Vandale!

Frau Hohl-Kopp hat recht, jemand hat tatsächlich unser Mädchenklo verwüstet. Auf der Toilette sieht es so chaotisch aus wie nie zuvor: Der Übeltäter hat mindestens fünfzig Rollen Toilettenpapier ausgerollt und die langen Streifen quer durch den Vorraum der Toilettenkabinen gespannt, als wollte er unser Klo in einen Hindernisparcours verwandeln. Außerdem hat er die prunkvollen Spiegel über den Waschbecken mit frechen Sprüchen beschmiert.

»Hatte ich euch nicht befohlen, in der Klasse zu bleiben?«, brummt Herr Oberhäusl in unsere Richtung, während er einen Putzlappen und eine Flasche Glasreiniger zückt, um einen der Sprüche vom Spiegel zu entfernen. *Ich pfeif auf die Schule, ich werd* Prinzessin! hat der Täter mit fettem rosa Stift dorthin gekritzelt.

»Tut mir leid, Herr Direktor. Aber wir waren einfach so neugierig«, gebe ich zu und sehe mich weiter um. Frau

Hohl-Kopp hilft ebenfalls beim Aufräumen und zieht gerade einen triefend nassen schwarzen Turnschuh aus dem Aquarium.

»Frau Hohl-Kopp, haben Sie denn schon irgendeinen Verdacht, wer das hier angestellt hat?«, fragt Katja und kaut nervös auf ihrer Unterlippe. So cool Katja sonst wirkt, umso erschrockener sieht sie jetzt aus.

»Ich weiß es nicht, Katja. Vandalismus, so etwas kam an dieser Schule noch nie vor. Irgendein Schmierfink muss hier am Werk gewesen sein«, antwortet Frau Hohl-Kopp und schnauft angesichts des vielen Klopapiers, das es zu beseitigen gilt. »Gestern Nachmittag haben die Putzfrauen durchgewischt und Klopapier nachgefüllt, da war wohl alles wie immer. Danach, so gegen vier, habe ich noch selbst die Toilette benutzt, und auch da war alles in bester –«

»Wie bitte?«, unterbricht der Direktor Frau Hohl-Kopp, während er einen weiteren Spruch vom Spiegel wischt. Dort steht *Schule gefährdet die* Gesundheit. »Warum gehen *Sie* denn auf die Schülertoilette, Frau Hohl-Kopp? Sie wissen doch, dass wir auch nagelneue Lehrertoiletten haben. Warum benutzen Sie nicht die?«

»Natürlich weiß ich das.« Die dicke Sekretärin wird plötzlich rot wie eine Tomate. »Aber dort gibt es nicht so tolle Handseifen.«

Melanie stupst mich in die Seite und wirft mir einen amüsierten Blick zu. Herr Oberhäusl hat zwar auch einiges an Geld und Zeit in die Modernisierung der Lehrerklos investiert (dort gibt es nicht nur Kreide in allen Farben zur freien Entnahme, sondern auch einen Rotstift-Automaten), trotzdem kommen manche Lehrerinnen oder einige Frauen vom Schulpersonal lieber hierher. Gratiskaugummi, duftende Seifen und ein Sofa inklusive knuffigem Schulkater sind eben unschlagbar.

»Na jedenfalls«, spricht Frau Hohl-Kopp weiter, »ähm, alles, was ich sagen wollte, war, dass gestern Nachmittag noch alles seine Ordnung hatte.«

Direktor Oberhäusl nickt. »Also muss der Täter zwischen gestern vier Uhr nachmittags und heute Morgen zugeschlagen haben.« Oberhäusl dreht an einem der diamantförmigen Türgriffe und betritt dann eine der Kabinen. »Und seht euch das mal an! Der Übeltäter hat nicht nur Mayonnaise in die Seifenspender gefüllt, sondern auch das Toilettenpapier gegen Sandpapier getauscht. Autsch! Der hält sich wohl für besonders witzig …«

»Allerdings muss er auch ziemlich clever gewesen sein«, ergänzt Frau Hohl-Kopp. Sie schrubbt kraftvoll über den Spiegel, doch die Sprüche werden keinen Deut blasser. »Wie es aussieht, hat der Schmierfink einen wasserfesten Stift benutzt. Wir müssen wohl die Spiegel austauschen.«

»Oje, oje«, flüstert mir Ernst ins Ohr. Ich muss ihn gar nicht ansehen, ich kann hören, wie er dabei grinst. »Sieht so aus, als wäre der Täter ein Vollprofi gewesen.«

Bei seinen Worten bleibt mir fast das Herz stehen und eine schreckliche Vorahnung macht sich in mir breit. Verärgert packe ich Ernst am Ärmel seines T-Shirts und schleife ihn an Pauline, Melanie und Katja vorbei aus dem Vorraum der Toilette bis in den Flur.

»Warst … warst du das etwa?«, zische ich. Ich weiß, dass Ernst Streiche über alles liebt – und das gesamte Chaos auf dem Klo könnte gut und gerne seine Handschrift tragen: die nicht abwaschbaren Sprüche auf dem Spiegel. Der Turnschuh im Aquarium. Und, nicht zu vergessen, das Sandpapier im Klopapierhalter. Aber wenn tatsächlich *das* hier auf sein Konto geht, dann …

… würde ich allen verraten, dass er letztes Jahr im Kino bei *Jurassic World* vor Angst geheult hat. Und dass er in einer Superhelden-Bettwäsche schläft und seine Mutter deshalb zur Schlafenszeit immer liebevoll »Ab in die Federn, Bettman« ruft. Wenn ich nachdenke, fallen mir sicher noch mehr peinliche Geheimnisse zum Ausplaudern ein.

Doch Ernst schüttelt schon meine Hand ab und stemmt entrüstet die Arme in die Seiten. »Sag mal, Chloé, denkst du etwa, nur weil ich Fröhlich heiße, weiß ich nicht, wann Schluss mit lustig ist? Ich war es nicht! Bestimmt war es unsere blond gelockte Möchtegern-Märchenprinzessin Cinderella! Ich finde, dass dieser Prinzessinnenspruch auf dem Spiegel ganz verdächtig nach ihr klingt –«

»Hallo, Leute.« Die Stimme besagter Prinzessin unterbricht Ernst mitten im Satz. Besorgt guckt sie auf die Tür zur Mädchentoilette. »Da bin ich wieder. Sagt schon, was ist denn mit dem Klo los? Ist es wirklich verwüstet worden?«

»Na, fertig gereihert, Kotzarella?« Ernst hebt streitlustig eine Augenbraue.

»Ich habe nur frische Luft geschnappt«, knurrt sie.

»Und nebenbei bemerkt, Blondie, du kannst das unschuldige Getue gleich sein lassen und zugeben, dass *du* es warst, die das Schulklo verwüstet hat.« Er macht einen Schritt auf sie zu und nimmt sie in die Mangel. »Und ich weiß auch schon, warum. Weil du mit Pauline beim Dreibeinlauf den Notburga-Contest auf dem Herbstfest neulich verloren hast. Und weil du genau weißt, wie sehr Chloé ihr glamouröses Schulklo liebt, und du dich an ihr, Pauline und ihren Freundinnen rächen wolltest!«

Angelique rollt nur mit den Augen. »*Mon Dieu*, Ernst, hältst du dich jetzt etwa für Sherlock Holmes? Du hast echt nicht mehr alle Waffeln im Schrank.«

»Das heißt, einen an der Waffel«, korrigiert Ernst böse. »Schau mal, Chloé, unsere Schulprinzessin wird offensichtlich nervös, da haben wir den Beweis, dass *sie* es war!« Wütend funkelt er Angelique an. »Gestehe, Cinderella, dann werden wir noch mal Gnade walten lassen. Ansonsten könnte es passieren, dass ich mich in einem unbemerkten Moment an dich heranschleiche, eine spitze Schere zücke und damit eine fette Strähne deiner Haarpracht plötzlich abschneide –«

»Wage es nicht, meinen wunderschönen Haaren etwas anzutun!«, keift Angelique, fletscht die Zähne und sieht plötzlich gar nicht mehr wie eine Märchenprinzessin aus. In null Komma nichts reißt sie Ernst die Baseballkappe vom Kopf und packt ihn unsanft am Ohrläppchen. »Sonst erzähle ich deinen treuen Fans auf YouTube, dass du ein hirnverbrannter Hohlkopf bist und früher ständig lahme japanische Zombie-Apokalypse-Comics gelesen hast, bevor du Videos gedreht hast.«

Übrigens, Leute – falls ihr das noch nicht wusstet –, Ernst ist ein Star. Genauer gesagt ein Internetstar. Er hat einen YouTube-Kanal namens »Der Ernst des Lebens«, wo er wöchentlich lustige Videos postet und inzwischen eine Menge Fans versammelt hat, die sich dafür interessieren, was er mit seinem Handy so einfängt. Sogar Fanshirts hat er schon drucken lassen, die er übers Internet vertickt. Um ehrlich zu sein, »Der Ernst des Lebens« ist ziemlich genial. Aber verratet ihm bloß nicht, dass ich das gesagt habe – sonst wird er noch eingebildeter als ohnehin schon.

»Okay, okay, lass mein Ohr los, du verrückte Furie«, jammert Ernst und schneidet eine wütende Grimasse. »Na gut, ich glaube dir! Aber wenn *ich* es nicht war und du auch nicht, wer hat denn dann das Mädchenklo verwüstet?«

»Irgendjemand, der denkt, dass er bessere Streiche spielen kann als du«, meint Angelique.

»Und jemand, der gestern Nachmittag noch heimlich auf dem Schulklo war, um das hier anzustellen«, ergänze ich und versuche, mich fieberhaft zu erinnern.

Was ist denn gestern bloß in der Schule passiert? Hm, also zuerst mussten wir bei Herrn Klaus einen ziemlich schweren Mathetest schreiben. Danach hatten wir eine Stunde Sport im kleinen Turnsaal, wo es immer brutal nach Schweiß und Käsefüßen riecht. Dann kam Musik bei Frau Schröder, die im Unterricht ständig Kaffee trinkt und dazwischen ohne Punkt und Komma quasselt, so schnell, dass man ihr kaum folgen kann. In der Mittagspause war Schulkater Giovanni in die Klasse spaziert, auf eins der Pulte gesprungen und hat die Sardellenfilets aufgefuttert, die eigentlich das Mittagessen von Heinz gewesen wären, während Ernst das Ganze mit seinem Handy gefilmt und danach mit der Überschrift *Kater trickst Streber aus* ins Internet gestellt hat. Das waren alle Ereignisse des gestrigen Schultages zusammengefasst. Keine besonderen Vorkommnisse also …

»Ach, du dickes Ei!« Ich halte plötzlich die Luft an. Jetzt, da ich den Tag habe Revue passieren lassen, weiß ich auf einmal, wer nachmittags noch das Mädchenklo besucht hat – keine Geringere als ich selbst.

»Was ist los?«, fragen Angelique und Ernst gleichzeitig.

»Ernst, wir beide waren auf dem Mädchenklo, weißt du das etwa nicht mehr?«, japse ich aufgeregt. »Wir haben versucht, Katy aus dem Lüftungsschacht zu befreien.«

»Etwa diese widerliche verschollene Eidechse?«, brummt Angelique und schneidet eine Grimasse.

»Sie ist nicht widerlich«, korrigiere ich. »Perry vermisst sie schrecklich, wir müssen sie schleunigst zurück in das Gehege meines Bruders bringen.«

Bevor ihr jetzt verdattert die Stirn runzelt: Katy und Perry sind die beiden Bartagamen meines großen Bruders Mika. Sie sind zwar grün und stachelig, aber auch die süßesten Haustiere, die man sich vorstellen kann – und außerdem zu hundert Prozent ungefährlich. Als Pauline sich die beiden sonderbaren Tierchen neulich für ihr Biologiereferat geliehen hat, ist Katy abgehauen und hat sich im Lüftungsschacht des Mädchenklos verschanzt. Seit Tagen versuchen wir, sie dort herauszulocken. So wie gestern Nachmittag. Leider ohne Erfolg.

»Du hast recht, Chloé.« Ernst nickt. »Das hatte ich beinahe vergessen.«

Angelique zwirbelt eine ihrer Haarsträhnen. »Sah es da schon so verwüstet aus?«

»Natürlich nicht.« Ernst schüttelt den Kopf. »Alles sah ziemlich normal aus, so wie immer. Das heißt, so normal ein kitschiges Mädchenklo mit Sofa, Aquarium und Kronleuchter nun mal aussehen kann. Ich verstehe wirklich nicht, warum ihr Mädels so darauf abfahrt. Ich finde immer noch, dass ein Grusel-Horror-Klo viel cooler wäre.«

»Hör auf zu lästern und streng lieber deine Gehirnzellen an.« Angelique wirkt konzentriert. »Der Klo-Überfall muss *nach* eurem Besuch passiert sein. Wann habt ihr denn gestern das Mädchenklo verlassen?«

»So gegen halb fünf, schätze ich. Als Katy erneut tief im Schacht verschwunden ist, haben wir die Bartagamen-Befreiungsaktion fürs Erste auf Eis gelegt. Ich weiß noch, ich habe vor Ernst das Mädchenklo verlassen und bin noch schnell zurück in die Klasse gelaufen, um meinen Rucksack zu holen.«

»Ist dir dabei jemand begegnet?«, will Angelique wissen.

Ich schüttle den Kopf. »Die anderen Schüler waren um diese Uhrzeit schon zu Hause. Ich habe bloß noch ein paar Stimmen aus dem Lehrerzimmer gehört.«

»Und du?« Angelique betrachtet Ernst. »Was hattest *du* denn noch auf dem Mädchenklo zu suchen, als Chloé bereits gegangen war, um ihren Rucksack zu holen, hä?«

Ernst kratzt sich im Nacken. »Nun, ich musste –«

»Was?«, dränge ich ungeduldig. Ich kenne das Gesicht, das Ernst immer macht, wenn er etwas vor mir verheimlichen will.

»Ich musste noch pinkeln, okay?«, gesteht Ernst.

»Ernst!«, ruft Angelique entsetzt. »Etwa auf dem Mädchenklo?«

»Ja, ich weiß. Aber es ist inzwischen November und draußen auf den Mobiltoiletten ist es saukalt. Und jetzt entspann dich, Prinzessin, ich habe immerhin die Klobrille hochgeklappt.«

Angelique und ich werfen uns einen empörten Blick zu.

»Dir ist auch niemand Verdächtiges aufgefallen?«, bohrt sie schließlich weiter.

»Nicht, dass ich wüsste. Obwohl, wartet mal! Jetzt, wo ich darüber nachdenke … ja, mir ist tatsächlich jemand aufgefallen. Ein Mann und ein Junge sind mir im Flur entgegengekommen. Hab die beiden noch nie gesehen.«

Angelique reißt die Augen auf. »Leute, das könnten sie gewesen sein! Wildfremde Verbrecher, die sich nach Unterrichtsschluss einfach in die Schule eingeschleust haben, um unser Mädchenklo zu verwüsten.«

»Jetzt mal halblang, Angelique«, bremse ich sie. »Nur weil wir sie nicht kennen, müssen es nicht gleich Verbrecher sein. Vielleicht waren das einfach ein neuer Schüler und sein Vater. Es kommt doch immer wieder vor, dass Schüler mitten im Schuljahr einsteigen, weil sie neu in die Stadt gezogen sind.«

Ich erwarte, dass Ernst mir recht gibt und nichts von Angeliques an den Haaren herbeigezogener Theorie hält, aber der schürzt nachdenklich die Lippen. »Chloé, ich sage das nur äußerst ungern, aber ich glaube, Angelique hat diesmal recht.«

»Wie bitte? Ernst, warum sollten ein wildfremder Mann und ein Junge denn unser Schulklo –«

»Chloé, wenn du den Typen gesehen hättest!« Ernst ist plötzlich aufgebracht. »Der Mann sah gruselig aus … wie einer dieser verrückten Typen, die aus der Klapse entkommen sind. Lange, fettige Haare, krummer Rücken, faltiges Gesicht und außerdem eine dicke Narbe, quer über die Stirn. Und dann erst der Junge!«

Angelique hält die Luft an. »Wie sah der denn aus?«

»Komplett in Schwarz gekleidet, blass, ein stacheliges Hundehalsband um den Hals«, erzählt Ernst. »Glaubt mir, der sah aus, als würde er in 'nem Sarg schlafen.«

Angelique stampft mit dem Fuß auf. »Wir müssen diesen Jungen finden. Chloé, kann deine Freundin Melanie nicht toll zeichnen? Mit Ernsts Hilfe könnte sie ein Phantombild erstellen, das wir dann der Polizei –«

»Hier seid ihr!« In diesem Moment schwingt die Toilettentür auf und Direktor Oberhäusl tritt auf den Flur hinaus. »Also wirklich, wenn ihr euch schon aus der Klasse schleicht, dann hätte ich zumindest eine helfende Hand erwartet, um dieses Chaos dadrin zu beseitigen.«

»Nun, lieber Herr Direktor Oberhäusl, wir haben noch etwas viel Besseres für Sie als eine helfende Hand.« Ernst reckt triumphierend das Kinn. »Und zwar niemand Geringeren als den Übeltäter höchstpersönlich. Denjenigen, der das Klo verwüstet hat. Ich habe ihn nämlich gesehen.«

EnzyKLOpädie

Kloweisheit #8*:

Wusstet ihr, dass es eine ganze Menge ausgefallener Toiletten auf der Welt gibt? Ganz besonders toll finde ich die papierlose Toilette – also ein Klo mit eingebauter Dusche, wo man den Toilettensitz sogar auf Körperwärme vorwärmen kann. (Besonders praktisch im Winter.) Die gibt's in Japan schon seit dem Jahr 1980.

* Bevor ihr euch wundert – meine EnzyKLOpädie-Einträge 1-7 könnt ihr in »Chloé völlig von der Rolle (Band 1)« nachlesen!

Hobbykommissar Ernst Fröhlich

Soll ich euch was verraten? Der Direktor war so baff über Ernsts Ansage, dass ihm nicht mal aufgefallen ist, dass er ihn vorhin glatt »Oberhäusl« statt Oberhauser genannt hat. Er hat Ernst lediglich misstrauisch gemustert und danach angeordnet, dass wir drei in der Mittagspause ins Zimmer des Direktors kommen sollen, um über Ernsts Verdacht zu sprechen. Klo-Vandalismus sei eine ernste Angelegenheit. Wenn es stimmt, was Ernst behauptet, müsste er der Sache umgehend nachgehen.

Ernst jedenfalls gefällt sich ganz gut in seiner neuen Rolle als Held der Schule. Er hat allen von dem gruseligen Vater mit der fetten Narbe und dem leichenblassen »Vampirjungen« erzählt, hat Melanie aufgetragen, ein Phantombild der Verdächtigen zu malen, und nennt sich selbst der *Rächer vom Mädchenklo*.

Typisch Ernst eben.

»Also, die Nase hast du noch nicht *ganz* korrekt hinbekommen. Ich sagte doch, es war eher eine Höckernase und keine Knubbelnase. Hörst du mir eigentlich zu?«, blafft Ernst, als er über Melanies Schulter auf ein Blatt Papier späht. »Ich schätze, du musst noch mal von vorne beginnen, Mel.«

Melanie knüllt das Blatt zusammen und wirft es verärgert auf den Schulboden. »Mann, Ernst, wie oft denn noch? Erst stimmte der Schwung der Augenbrauen nicht, dann die Augenfarbe, der Bart und jetzt die Nase?«

»Kriminalistik ist eben kein Job für Amateure«, schnauft Ernst stattdessen, hockt sich auf die Tischkante und betrachtet selbstverliebt seine Fingernägel.

»Jetzt wird er auch noch frech«, brummt Mel mehr zu sich selbst, während sie dem vermeintlichen Vater eine neue Nase verpasst. »Dann mal dir das Bild doch gefälligst selber.«

Das scheint Ernst nun wirklich auf die Palme zu bringen. »Jetzt soll ich auch noch Phantombilder zeichnen? Bleibt jetzt alles an mir hängen? Ich bin doch schon Ermittlungsleiter *und* einziger Zeuge gleichzeitig. Und jetzt mach schon, Mel, hopp, hopp, es läutet in fünf Minuten, dann muss ich beim Oberinspektor … ähm, beim Oberhäusl Bericht erstatten.«

»So, fertig«, sagt Melanie, als die Glocke läutet, und reicht Ernst die beiden Bleistiftzeichnungen.

Ich werfe einen Blick auf Melanies Werke. Der ältere Mann in der Zeichnung hat lange braune Haare, kleine Augen, einen dichten Bart, eine Narbe quer über der Stirn und erinnert mich ein wenig an den Glöckner von Notre-Dame aus dem alten Disneyfilm, den ich neulich mit Pauline geguckt habe. Der Junge hingegen ist viel blasser, hat ein schmales Gesicht, eingefallene Wangen und dunkle Augenringe. Ich bekomme eine Gänsehaut. Ernsts Vergleich mit einem Vampir erscheint mir plötzlich gar nicht mehr so weit hergeholt.

»Perfekt!«, ruft Ernst und reißt Melanie das Blatt aus

der Hand. Dann holt er Angelique und zu dritt machen wir uns auf den Weg zum Büro unseres Schulleiters.

»Tja, da wären wir, Chloé. Es war schön, mir mit dir eine Bank geteilt zu haben«, sagt Ernst mit Grabesstimme, als wir vor der Tür des Direktors angekommen sind.

Ich starre ihn an. »Hä? Verlässt du uns etwa?«

»Das kann man so sagen. Denn wenn ich diesen Fall hier aufkläre, wird Oberhäusl mich zum Dank für diese gute Tat eine Klasse überspringen lassen. Dann bin ich in der Siebten!« Ernst grinst triumphierend. »Und muss ein Jahr kürzer die Schulbank drücken als ihr.«

Ha! Also Ernst ist vielleicht ein Spinner.

»Das will ich erst mal sehen! Vielleicht bedankt er sich auch nur für deine Mithilfe und schenkt dir ein paar von Frau Hohl-Kopps Orangenbonbons«, gebe ich zurück und klopfe an der Tür, aber in diesem Augenblick öffnet uns auch schon Direktor Oberhäusl.

»Na hallo, Chloé, Ernst und Angelique, schön, dass ihr da seid. Habt noch einen Moment Geduld, ich bin noch nicht so weit«, sagt der Direktor und bittet uns in den Vorraum seines Büros. Dort hängen die vielen Urkunden, die Direktor Oberhauser für unser Notburga-von-Sorgenfrey-Gymnasium, unter anderem auch für das besondere Schulklo, erhalten hat. » Angeliques Mutter und ich müssen uns vorher noch um eine andere wichtige Angelegenheit kümmern –«

»Meine *Mutter* ist hier?«, unterbricht ihn Angelique.

Oh, bevor ich's vergesse – an dieser Stelle muss ich euch noch etwas Wichtiges über Angeliques Familie erzählen! Angeliques Papa und Paulines Mutter sind ja ein Paar, das wisst ihr schon, und damit sind Angelique und Pauline so etwas wie Stiefschwestern. Angeliques Mutter wiederum ist die Chefin des Elternvereins in der Schule. Ich habe sie bisher nur ganz kurz gesehen und konnte mir noch kein richtiges Bild von ihr machen, aber man erzählt, sie sehe aus wie eine ältere Version ihrer Tochter, nur ohne Einhorn-Unterhosen. Ernst nennt sie »die rosarote Sumpfhexe«.

Aber nun sitzt sie vor Oberhäusls Schreibtisch. Wie Angelique trägt sie anscheinend mit Vorliebe pinke Klamotten, außerdem hat sie voluminöse blonde Haare, die ihren Kopf viel zu groß für den Rest ihres schmalen Körpers aussehen lassen. Im Schlepptau hat sie außerdem Marie-Therese, einen schneeweißen Pudel. Ernst erzählt immer, dass der arme Pudel kurzsichtig sei und außerdem ein Gehirn von

der Größe einer Rosine hätte – er knalle im Einkaufszentrum regelmäßig gegen Glastüren.

Jetzt steht die rosarote Frau mit den Monsterhaaren auf und gibt Angelique einen feuchten Kuss auf die Wange. »Angelique, wie schön, disch und deine Freunde zu sehen! Wir kümmern uns gleisch um euren *Toilette*-Zwischenfall, ihr süßen Winzlinge.« Sie winkt mit ihren langen Fingernägeln und guckt mich und Ernst an, als wären wir zwei süße Hundebabys. Dann

deuten ihre Fingernagelkrallen auf einen Mann und einen Jungen, die in der Ecke des Büros sitzen und unserem Blick bisher durch die halb offene Flügeltür verborgen waren. »Zuerst müssen wir allerdings dem neuen Hausmeister und seinem Sohn die Schule und ihre neue Wohnung hier im Haus –«

»Das … das sind sie«, schreit Ernst plötzlich mit bebender Stimme und erstarrt neben mir zur Salzsäule.

»*Excuse-moi?*«, fragt die rosarote Sumpfhexe jetzt.

»Wie bitte?«, will auch der Direktor wissen.

»Na, d…d…die Klo-Übeltäter«, stottert Ernst.

Wirklich, Leute, so blass und nervös habe ich Ernst Fröhlich noch nie gesehen. Nicht einmal an dem Tag, als er in Mathe nach einer Woche Krankmeldung zur Wiederholung der letzten Stunde an die Tafel musste. Mit zitternden Händen reicht er Direktor Oberhäusl die Phantombilder. »Hier, der Kerl, der das Mädchenklo verwüstet hat. Ich habe ihn gestern Nachmittag im Schulhaus gesehen. Er und dieser Junge haben sich heimlich in die Schule geschlichen, um das Klo-Fiasko zu verüben, jede Wette.«

Uns allen verschlägt es die Sprache. Nur Marie-Therese läuft aufgeregt winselnd im Kreis.

»Ernst, jetzt mal halblang.« Beinahe väterlich legt Direktor Oberhäusl seine Hand auf Ernsts Schulter. »Das ist kein Übeltäter, sondern unser neuer Hausmeister, Hans Niemand. Und der Junge hier ist sein Sohn Heiko. Herr Niemand beginnt morgen seinen Dienst. Und sein Sohn wird euer neuer Klassenkamerad.«

Mein Kopf schwirrt. Ist das wirklich wahr? Ernsts Klo-Phantom wird unser neuer Hausmeister? Und sein Sohn unser neuer Mitschüler?

»Was?« Angelique wirkt genauso verblüfft. »Der da? Aber der ist doch viel zu alt für unsere sechste Klasse.«

»Das stimmt nicht«, meldet sich der schwarz gekleidete Junge zu Wort, hebt seinen Blick und starrt Angelique unverwandt an. Kein Wunder, denn Angelique trägt heute ein rosa Shirt, orangefarbene Shorts und dazu blaue Blümchenstrumpfhosen. So viel Farbe ist dieser Vampirjunge bestimmt nicht gewohnt. »Ich bin erst zwölf. Bevor ich hierhergekommen bin, war ich auch in der Sechsten.«

Ernst runzelt die Stirn. »Dieser Grufti-Junge kommt also echt in unsere Klasse? Herr Oberhäusl, das können Sie nicht tun. Schauen Sie sich die Phantombilder an! Dieser … dieser Niemand ist schuld an unserem Klo-Fiasko. Sogar der Köter fürchtet sich vor den beiden.«

»Mein Junge, ich bin kein Niemand, sondern immer noch *Herr* Niemand, schreib dir das hinter die Ohren!«, herrscht Heikos Vater Ernst an. Jetzt, da der Mann spricht, sehe ich, dass er kaum mehr Zähne im Mund hat. Vielleicht sind sie ihm ausgefallen. Oder er hat sie bei einer Schlägerei verloren. »Außerdem habe ich keine Ahnung, wovon du sprichst. Was in aller Welt ist ein Klo-Fiasko?«

Direktor Oberhäusl reibt sich die Stirn. »Nun, wissen Sie, Herr Niemand, gestern Nachmittag hat sich jemand auf dem Mädchenklo einen ziemlich dreisten Streich erlaubt und dort ein großes Chaos angerichtet«, hilft er dem neuen Hausmeister auf die Sprünge. »Das Klopapier wurde ausgerollt, die Spiegel beschmiert und sogar ein Schuh im Aquarium versenkt. Ich und die Elternvereinsvorsitzende hier suchen immer noch nach dem Schuldigen.«

»Ach, ist das so? Nun, das können wir sehr leicht aufklären, Herr Direktor«, antwortet der neue Hausmeister, steht auf und kommt auf Ernst zu. Dann streckt er seinen Zeigefinger aus und pikst damit in Ernsts Brust. »*Du* warst das Klo-Phantom, von dem der Direktor spricht. Wir haben doch gesehen, dass du dich aus der Mädchentoilette geschlichen hast. Nicht wahr, Heiko? Das ist doch der Junge mit der Baseballkappe, dem wir im Flur begegnet sind. Gestern hatte er auch ein T-Shirt mit Spruch an.«

»Stimmt, Vater!« Heiko nickt und deutet auf das leuchtend gelbe T-Shirt, das Ernst trägt. Heute steht auf seinem Shirt: *My English is not the yellow from the egg.*

Hä? Welches normale Kind nennt denn seinen Papa »Vater«? Und warum ist plötzlich Ernst der Tatverdächtige? Irgendetwas stinkt hier gewaltig zum Himmel.

»*Du* warst es? Jünger Mann, ist das wahr?« Angeliques Mutter funkelt Ernst an. An ihrer Stirn tritt eine dicke Ader hervor und ihre blauen Augen blitzen. Jetzt weiß ich also, woher Angelique ihr freundliches Wesen hat.

»Ernst, besser, du gestehst, dann lässt sie vielleicht Gnade walten!«, wispert Angelique ihm leise zu. »Meine Mutter wird zur Furie, wenn man sie belügt.«

Ich kann sehen, wie immer mehr Schweißperlen unter

Ernsts Baseballkappe hervorrollen. »Aber ich war es nicht, Leute. Ich war bloß im Mädchenklo, um –«

Hilfe suchend guckt mich Ernst an, aber ich schüttle vehement den Kopf. Auf keinen Fall, ich wiederhole, auf keinen Fall darf er jetzt erzählen, dass wir eine entlaufene Bartagame namens Katy aus den Lüftungsschächten der Schule befreien wollten. Denn wenn Direktor Oberhäusl das erfährt, ruft er bestimmt den Kammerjäger, und der würde die Rohre mit Gift ausräuchern. Glaubt mir, ich weiß, was Kammerjäger alles anstellen – bei unserer Nachbarin gab es mal eine Ungezieferplage, und die musste wochenlang im Hotel schlafen.

»Na, du Spaßvogel?«, knurrt Angeliques Mutter mit französischem Akzent und nimmt Marie-Therese, die in Ernsts Richtung jault, auf ihren Schoß. »Hat's dir etwa die Sprache verschlagähn?«

»Ich war im Mädchenklo … ähm, nun … ähm, weil ich … die Cremes so toll finde«, stößt Ernst schließlich hervor und wird rot. »Meine Haut wird um diese kalte Jahreszeit immer so rau und rissig, und die Pflegecremes sind dort so reichhaltig, dass ich davon viel … ähm … zartere Hände bekomme.«

Angelique und Heiko prusten los.

»Ha! Die Geschichte kauft dir niemand ab«, blafft Angeliques Mutter und verzieht dabei nicht eine Miene.

»Falsch. Nicht mal *Niemand* kauft sie dir ab«, lacht

Herr Niemand und zeigt dabei eine löchrige Reihe gelber Zähne. »Herr Oberhauser, dieser fadenscheinigen Ausrede werden Sie doch nicht etwa Glauben schenken? Der Junge ist schuldig!«

»Herr Direktor, Herr Niemand erzählt Quatsch. Sehen Sie denn nicht, was hier vor sich geht?« Ernst ist ganz rot im Gesicht, und ich kann sehen, wie in seinen Augen Wuttränen glitzern. Ich hätte nie gedacht, das mal zu sagen, aber unser Klassenclown Ernst Fröhlich tut mir echt leid! »Das hier ist ein Komplott! Eine Verschwörung! Die beiden … *Niemande* hier haben sich gegen mich verbündet!«

»Ernst war es wirklich nicht«, melde ich mich zu Wort. »Er würde so etwas nie tun.«

Die rosarote Sumpfhexe bohrt ihre Arme in die Seiten. »Ach, würde er nischt? Nun, Angelique hat mir erzählt, dass er neulisch dem armen Herrn Klaus die Perücke vom Kopf geangelt und ein Video davon ohne Erlaubnis ins Internet gestellt hat. Der arme Herr Klaus kann nicht mal mehr in den Supermarkt gehen, ohne erkannt zu werden. Er musste sogar Autogramme geben.«

»Herr Klaus ist jetzt eine Berühmtheit«, gibt Ernst schulterzuckend zurück. »Er sollte mir lieber mal dankbar sein.«

Direktor Oberhäusl beißt sich auf die Unterlippe. Offenbar ist er hin- und hergerissen und weiß nicht, wem er glauben soll. »Ernst, wenn du wirklich das Mädchenklo verwüstet hast, dann hast du den Ernst der Lage diesmal unterschätzt. Das wird ernsthafte Konsequenzen haben.«

Angelique und Heiko kichern erneut.

»Niemand lacht hier!«, schnauzt Oberhäusl.

Heiko und Angelique prusten noch viel lauter.

»Eigentlich mag ich es nicht, Schüler zu bestrafen«, murmelt Herr Oberhäusl und macht ein gequältes Gesicht. Unser Direktor ist wirklich ein ziemlich cooler Typ. Wenn jemand Gnade vor Recht ergehen lässt, dann er.

»Aber … Sie *müssen* ihn bestrafen, Herr Direktor«, fällt die rosarote Sumpfhexe Ernst in den Rücken und stampft mit ihren hohen Schuhen so fest auf, dass beinahe eine der vielen Urkunden herunterfällt.

»Na fein.« Direktor Oberhäusl seufzt und deutet aus seinem Büro. »Kinder, geht jetzt zurück in eure Klasse. Ich werde mir etwas überlegen.«

Ernst sitzt in der Tinte

Vielleicht musst du nachsitzen. Oder unser Mädchenklo schrubben, bis zur Rente. Oder noch schlimmer – vielleicht musst du die Mobiltoiletten unten im Schulhof ausleeren, so lange, bis das Jungsklo endlich fertig ist«, überlegt Pauline und stupst Ernst neckisch in die Seite. »Wäre ich Direktor Oberhäusl, fielen mir genügend Strafen für dich ein, Ernst.«

»Igittigitt.« Angelique hält sich die Hand vor den Mund und schneidet eine Grimasse. »Leute, könnt ihr denn nicht aufhören, über eklige Dinge zu reden? Ihr wisst doch, dass ich einen empfindlichen Magen habe. Mir kommt gleich das Mittagessen hoch.«

Ernst und Pauline kichern frech, werfen sich verschwörerische Blicke zu, und ich erinnere mich wieder, was Katja, Melanie und ich heimlich vermutet hatten: und zwar, dass Pauline und Ernst ein klein wenig ineinander verliebt sind. Zumindest Pauline hat keinen Hehl daraus gemacht, dass sie Ernst ziemlich cool findet. Zu gerne würde ich Ernst ausquetschen und fragen, ob er Pauline genauso mag, aber angesichts des Klo-Fiaskos gibt es wohl wichtigere Themen zu bereden.

Inzwischen ist es Nachmittag, und Ernst und ich haben uns mit Angelique und Pauline bei ihnen zu Hause verabredet, um uns einen Schlachtplan zu überlegen. Noch hat Herr Oberhäusl nicht bei Ernsts Eltern angerufen – das nehmen wir zumindest an, denn seine Mutter hat sich bisher nicht gemeldet. Ebenso wenig wissen wir, ob Ernst überhaupt vom Direktor bestraft wird, und wenn ja, wie diese Strafe aussehen wird.

»Leute, wir müssen beweisen, dass Ernst nichts damit zu tun hat. Dass er vernünftiger geworden ist und keine dummen Streiche mehr spielt, die er danach auf seinem YouTube-Kanal veröffentlicht«, schlage ich vor und lasse mich in Angeliques bunten Ohrensessel fallen. Ich bin davon überzeugt, dass der Direktor Herrn Niemand deshalb so leichtfertig geglaubt hat, weil jeder in der Schule von Ernsts Ruf als Klassenclown weiß. Damit gibt er ein leichtes Opfer ab.

Angelique nickt und macht es sich auf ihrem schimmernden Sofa bequem. Die Wände in Angeliques Zimmer sind rosa, an den Wänden hängen viele goldene Spiegel, in der Mitte des Raumes steht ein opulentes Himmelbett,

und von der Zimmerdecke baumelt ein glitzernder Kronleuchter.

»Gute Idee, Chloé«, lobt sie mich. »Wir müssen Ernsts gesamte Persönlichkeit umkrempeln. Vielleicht sollte er sich statt der selbst gedrehten Gag-Videos ein neues Hobby suchen. Wie wär's mit … Schach?«

»Schach? Hast du sie noch alle, Prinzessin?« Ernst hat sich einen himmelblauen Teppich als Sitzplatz ausgesucht, der einzige Einrichtungsgegenstand hier, der nicht rosa ist, glitzert oder mit Einhörnern bedruckt ist. »Schach ist

doch höchstens was für langweilige Streber! Mein Opa spielt Schach.«

»Wie wäre es mit Kochen?«, schlägt Pauline vor. »Du stehst doch so auf Burger, du könntest in der Schule einen Kochkurs belegen und lernen, wie man Burger brät.«

»Geht's noch? Ich bin doch nicht SpongeBob Schwammkopf.«

»War ja nur ein Vorschlag.«

»Nein, ich werde mich bestimmt nicht verändern. Ich bin Ernst Fröhlich, und das ist auch gut so«, beschließt Ernst und steht auf. »Wenn ihr mir wirklich helfen wollt, dann findet lieber raus, warum mich dieser Niemand fertigmachen will und mich beim Direktor angeschwärzt hat.«

»Na bestimmt, um davon abzulenken, dass es in Wirklichkeit er und sein Sohn waren, die das Klo-Fiasko verübt haben«, schlussfolgere ich.

Ernst stampft verärgert mit dem Fuß auf. »Dann müssen wir das beweisen, Leute. Wir dürfen nicht zulassen, dass dieser Herr Niemand unser neuer Hausmeister wird.«

Angelique nickt. »Außerdem ist sein Sohn Heiko echt gruselig. Der sieht aus, als würde er in seiner Freizeit Tiere quälen.«

Ernst grinst. »Na, dann pass bloß auf, dass er Katy nicht vor dir findet, Chloé. Sonst röstet er die Eidechse noch und verputzt sie zum Frühstück.«

»Aber wie sollen wir beweisen, dass es Herr Niemand und sein Sohn waren? Wir können wohl kaum ein Geständnis von ihnen erzwingen. Sie würden es niemals zugeben«, jammert Pauline.

Ich lege meinen Arm auf ihre Schulter. »Pauline, kein Grund zu verzweifeln. Denkt doch mal nach, Leute. Irgendwo auf dem verwüsteten Klo findet sich bestimmt eine Spur, die zu Herrn Niemand und Heiko führt. Ernst, du bist doch hier der Möchtegern-Polizist, fällt dir dazu etwa nichts ein?«

»Ich könnte nach Fingerabdrücken suchen«, überlegt Ernst. »Damit kenne ich mich aus! Manchmal, wenn meine Mutter weg ist, guck ich Krimiserien im Fernsehen. Die richtig brutalen, ihr wisst schon, mit Leichen, Blut und dem ganzen Kram. Von den Kommissaren dort hab ich mir einiges abgeschaut. Wenn wir erst mal Herrn Niemands Spuren am Tatort gefunden haben, brauchen wir sie nur noch mit einer Verbrecherkartei abzugleichen –«

»Verbrecherkartei?« Ich lache auf. »Hast du etwa deine eigene Verbrecherkartei, Ernst? Und denkst du, dass Herr Niemand schon früher ein Gauner gewesen –«

»Ha! Ich wusste es!«, ruft Angelique plötzlich. Inzwischen sitzt sie nicht mehr auf dem Sofa, sondern ist aufgestanden und an den Schreibtisch zu ihrem rosaroten Computer gelaufen. »Leute, das müsst ihr euch ansehen! Ernst hat recht!«

»*Ernst hat recht?*«, ruft Ernst und hebt die Augenbrauen. »Kann mal jemand schnell bei Angie Fieber messen? Das hab ich ja noch nie aus ihrem Mund gehört.«

»Als ich Herrn Niemand zum ersten Mal gesehen habe, ist er mir gleich bekannt vorgekommen … es war wie ein *Déjà-vu*«, erzählt Angelique weiter, ohne ihren Blick vom Bildschirm zu nehmen. »Hm, wie sagt ihr in Deutschland dazu?«

»Wir sagen auch Déjà-vu«, antworte ich. »Heißt das, du kennst ihn?«

»Das nicht. Aber ich habe unseren neuen Hausmeister tatsächlich schon mal gesehen. Und nun weiß ich auch, wo«, erklärt Angelique, während ihr Finger nun auf den Monitor deutet. »Und zwar hier.«

Ich spähe über ihre Schulter auf den Bildschirm, und vor meinen Augen flimmert der Artikel einer großen Tageszeitung, den Angelique im Internet gefunden haben muss. Die Schlagzeile ist groß, schwarz, fett und unübersehbar. Dort steht:

BRUTALER VERBRECHER AUS HAFTANSTALT ENTKOMMEN

Früherer Bandenboss »Faltiger Eddie« auf freiem Fuß. Die Polizei bittet um Mithilfe.

»Das … das ist er! Das ist unser neuer Hausmeister«, quiekt Pauline und deutet auf das Foto unter der Schlagzeile. Es ist das unscharfe und verschwommene Bild einer Überwachungskamera, auf dem der Verbrecher von hinten fotografiert wurde. Man erkennt nicht nur die langen braunen Haare des entflohenen Banditen, sondern auch, dass er eine Lederjacke und einen Piratenhut trägt und eine etwas gebückte Haltung hat. Pauline hat schon recht, dieser Typ auf dem Foto sieht unserem Herrn Niemand ziemlich ähnlich.

»Du hast recht, Pauline. Außerdem … Niemand! Was ist das eigentlich für ein Name?«, fragt Ernst jetzt. »Bestimmt ist das nur ein Tarnname. In Wirklichkeit ist Niemand niemand Geringerer als der *faltige Eddie*!«

Angelique nickt. »Die Polizei geht davon aus, dass der *faltige Eddie* sich mit falscher Identität unter die Bevölkerung mischen und versuchen wird, mit seinen ehemaligen Bandenkollegen in Kontakt zu treten, um neue Raubüberfälle zu planen«, liest sie weiter. »Zuletzt etwa hat die Truppe eine Reihe von Geldautomaten geknackt und sich dabei zur Tarnung als Piraten verkleidet.«

»Ach, deshalb der Piratenhut auf dem Foto der Überwachungskamera«, schlussfolgere ich.

»Darum ist die Truppe des *faltigen Eddie* auch unter dem Namen ›Die Geldautomatenpiraten‹ bekannt«, liest Angelique zu Ende.

»Die Geldautomatenpiraten«, wiederholt Pauline. »Von denen habe ich auch schon gehört.«

»Steht da irgendetwas von einem Jungen, der aussieht wie der Sohn Graf Draculas?«, will Ernst wissen.

Angelique schüttelt den Kopf. »Nö, nicht ein einziges Wort. Bloß eine Liste der Verbrechen, die der faltige Eddie und seine Geldautomatenpiraten verübt haben, inklusive einer Nummer der Polizeiinspektion, an die man sich wenden kann.«

»Nun, vielleicht ist der Junge auch bloß Tarnung.« Ernst hebt die Schultern. »Ein geliehenes Kind, mit dem er den harmlosen Familienvater spielen kann.«

»Kann sein.« Pauline ist derweil aufgestanden und zwirbelt konzentriert eine rote Strähne zwischen ihren Fingern. »Wir müssen uns an die Polizeiinspektion wenden, Leute.«

»Ohne Beweise?« Ernst runzelt die Stirn. »Wer wird uns denn glauben? Wir sind erst zwölf Jahre alt. Und Chloé ist sogar noch elf.«

»Leute, ich werde morgen zwölf!«, protestiere ich, aber das scheint keinen zu interessieren.

»Wir können uns nun immerhin sicher sein, dass Niemand für das Klo-Fiasko verantwortlich ist«, sagt Angelique. »Auch wenn wir es nicht beweisen können.«

»Dann *müssen* wir es eben beweisen«, beschließe ich. Seit Ernst die Sache mit den hinterlassenen Spuren am Tatort erwähnt hat, kann ich über nichts anderes mehr nachdenken. »Und ich habe auch schon eine Idee, wie wir das machen. Könnt ihr euch noch an den Turnschuh erinnern, den das Klo-Phantom im Aquarium versenkt hat?«

Angelique, Pauline und Ernst nicken.

»Es war ja bloß einer, den Frau Hohl-Kopp gefunden hat«, führe ich meinen Gedanken zu Ende. »Also müsste sich doch irgendwo der zweite Schuh befinden.«

Angelique nickt. »Das ist es! Der zweite Turnschuh steht bestimmt noch in Herrn Niemands Wohnung. Der Direktor hat doch gesagt, der Mann und sein Sohn wohnen jetzt in der kleinen, leer stehenden Hausmeisterwohnung im Anbau der Schule. Dort befindet sich der zweite Schuh, mit Sicherheit.«

Ernst klatscht begeistert in die Hände. »Das ist es! Leute, wir brechen in Niemands Wohnung ein und suchen nach dem zweiten Turnschuh! Sobald wir den gefunden haben, besitzen wir einen stichhaltigen Beweis und können den faltigen Eddie an Direktor Oberhäusl ausliefern. Und der ihn wiederum an die Bullen!«

Pauline strahlt Ernst an. »Genial. Und wann geht es los?«

»Am besten gleich morgen!«, beschließe ich und sehe erwartungsvoll in die Gesichter der anderen. »Morgen nach der Schule. Wir könnten so lange warten, bis Niemand seine Hausmeisterwohnung verlassen hat. Und dann schleichen wir uns hinein … was ist? Warum seht ihr mich so an?«

»Ich … ich kann morgen nicht.« Pauline beißt auf ihre Lippe und weicht meinem Blick aus. »Meine Mutter und ich wollten morgen … ähm … Steaks grillen.«

»Ich kann auch nicht. Japanisch-Kurs, bis spät in die Nacht«, sagt jetzt auch Angelique.

Vor lauter Überraschung bleibt mir der Mund offen stehen. »Steaks grillen? Im November? Seid du und deine Mutter nicht Vegetarier, Pauline? Und Angelique, seit wann lernst du denn Japanisch?« Ich seufze missmutig und ein wenig misstrauisch. »Nun, dann müssen Ernst und ich eben alleine –«

»Ich habe leider auch keine Zeit.« Ernst schüttelt den Kopf. »Ich muss ähm … ein neues YouTube-Video mit Tante Helga drehen. Wenn ich zu lange nichts poste, verliere ich Fans. Das kann ich nicht riskieren. Sorry, Chloé.«

Ich spüre, wie sich die Enttäuschung in mir breitmacht. Endlich haben wir einen spektakulären Plan – einen Plan, der uns helfen könnte, das wahre Klo-Phantom zu finden –, und meine Freunde lassen mich alle im Stich. Zum ersten Mal seit Langem weiß ich nicht, was ich sagen soll.

»Gut. Dann eben nicht.« Ich schaffe es nicht mal, in ihre Gesichter zu sehen. »Werde ich Niemands Wohnung eben alleine durchsuchen. Mit oder ohne eure Hilfe. Und ich werde den Turnschuh finden, das schwöre ich, bei Cloakina, unserer Klogöttin.

EnzyKLOpädie

Kloweisheit #9:

Tja, das liebe Toilettenpapier.
Nur allzu oft wird einem seine Nützlichkeit erst dann bewusst, wenn es schon zu spät ist – und die Klopapierrolle leer ist. Jedes Jahr am 26. August wird deshalb der Tag des Toilettenpapiers gefeiert.
Wusstet ihr zum Beispiel, dass jeder Deutsche im Durchschnitt 2.100 Rollen Toilettenpapier im Laufe seines Lebens verbraucht?

Das lebendige Sahnehäubchen

Tja, Leute, inzwischen bin ich mir nicht mehr so sicher, ob es wirklich eine gute Idee war, auf Klogöttin Cloakina zu schwören – selbst wenn Cloakina nichts anderes als eine Erfindung von Ernst und mir ist und somit gar nicht wirklich existiert. Denn so wie es aussieht, hat tatsächlich keine meiner Freundinnen Lust, mir bei der Umsetzung meines waghalsigen Plans zu helfen.

»Ganz schlechter Zeitpunkt«, sagt Melanie am nächsten Morgen im Klassenzimmer und vergräbt den Blick in einem großen Lexikon, das auf ihrem Pult liegt. »Ich muss lernen.«

»Und ich muss zum Sport und habe ebenfalls keine Zeit. Echt *beschaderlich*, Chloé!«

Normalerweise kichere ich immer, wenn Katja wieder ein neues Wort kreiert, so wie diese etwas merkwürdige Mischung, die sich aus *schade* und *bedauerlich* zusammensetzt. Doch heute bin ich zu deprimiert, um auch nur eine Miene zu verziehen.

»Aber es ist mein Geburtstag«, jammere ich. »Der beste Tag im ganzen Jahr. Der 19. November, besser bekannt als Welttoilettentag. Was gibt es Wichtigeres, als mit mir den Welttoilettentag zu feiern?«

Keiner meiner Freunde reagiert. Noch schlimmer – sie behandeln mich, als wäre ich Luft. Melanie liest, ohne mit der Wimper zu zucken, im Lexikon weiter, und Katja beginnt, geistesabwesend eine Nachricht in ihr Handy zu tippen.

Aber ich habe nicht vor, mir den besten Tag des Jahres versauen zu lassen. Immerhin hat er bereits so toll begonnen: Mama und Papa haben mir am Morgen einen Stapel Geschenke überreicht. Eins davon war ein kleines Büchlein mit dem Titel *Klo-Witze*, das man sich aufs WC legen und während des Klobesuchs lesen kann. Und mein großer Bruder Mika hat mir eine Teetasse in der Form einer Kloschüssel geschenkt, inklusive eines kleinen Klobesens, mit dem man in der Tasse rühren kann. Ziemlich schräg. Aber solche Geschenke bekommt man nun mal, wenn man am Welttoilettentag Geburtstag hat und, so wie ich, ein besonderes Faible für stille Örtchen hat.

Und genau deshalb werde ich heute Nachmittag auch beweisen, dass Niemand und sein Sohn für das Klo-Fiasko verantwortlich sind. Dazu habe ich mich auch schon vorbereitet und herausgefunden, dass Herr Niemand den Nachmittag über nicht in seiner Wohnung, sondern im Turnsaal sein wird, um Stühle für die morgige Veranstaltung aufzustellen. Sein Sohn Heiko wiederum trifft sich nachmittags mit Direktor Oberhäusl, um Fremdsprachenfächer zu wählen. Die Wohnung des Hausmeisters müsste also leer stehen. Perfekt!

Nach der sechsten Stunde, um halb zwei, bin ich endlich startklar. Ich will gerade meinen Schulrucksack in den Spind stellen, da spüre ich etwas Warmes, Flauschiges an meinem rechten Bein.

Es ist Giovanni. Unsere Schulkatze, genauer gesagt ein silberner, langhaariger Perserkater, der dieser berühmten, ständig schlecht gelaunten Katze aus dem Internet um nichts nachsteht und manchmal eine ziemliche Diva sein kann. Doch heute scheint er richtig schmusebedürftig zu sein, denn er schnurrt, was das Zeug hält, und reibt seinen flauschigen Kopf an meiner Wade.

»Na, mein Süßer?«, sage ich und streichle ihm über seinen haarigen Körper. Dabei fällt mir auf, dass ihm jemand eine rote Schleife um den Hals gebunden hat. Und nicht nur das – an dem Band hängt ein kleiner, zusammengefalteter Zettel.

Ich knie mich hin und falte ihn auseinander. Darauf steht in mädchenhafter Glitzerschrift:

Folge mir dorthin,
wo sich mein luxuriöses Katzenklo befindet –
an den schönsten Ort dieser Schule!

Ein Rätsel! Das offenbar für mich bestimmt und außerdem nicht besonders schwer zu lösen ist. Bevor ich lange zögern kann, dreht mir Giovanni den Rücken zu, tapst voraus über den Flur und hält vor der Tür der Mädchentoilette. Er wirft einen Blick zurück, um sicherzustellen, dass ich ihm folge, dann verschwindet er durch die schwingende Katzentür in den Raum.

Ich presse mein Ohr sachte an die Klotür und lausche angestrengt. Alles leise. Aber das muss nicht heißen, dass das Mädchenklo tatsächlich leer steht. Wer weiß, womöglich sind Heiko Niemand und sein Vater gerade dabei, einen neuerlichen Kloüberfall zu begehen. Und ein heimlicher Helfer hat Giovanni geschickt, um mich zu alarmieren, damit ich die beiden auf frischer Tat ertappen kann. Ohne lange zu fackeln, nehme ich all meinen Mut zusammen und ziehe ruckartig die Tür auf, bereit, dem Klo-Phantom von Angesicht zu Angesicht gegenüberzutreten.

Doch es kommt alles anders.

Da ist kein Klo-Phantom. Stattdessen ergießt sich eine Wolke aus Konfetti über mich und vernebelt mir die Sicht.

Als ich wieder halbwegs sehen kann, blicke ich in die Gesichter all meiner Freunde, die sich im Vorraum der Toilette im Halbkreis versammelt haben.

»Alles Gute zum Geburtstag, Chloé«, rufen alle aus vollem Hals, blasen in Tröten und lassen bunte Luftschlangen durch den Raum wirbeln. Pauline, Katja und Melanie stürmen auf mich zu und schließen mich in die Arme.

»Tut uns leid, dass wir dir so eine miese Ausrede auftischen mussten«, sagt Ernst dann und fährt sich etwas verlegen durch die Haare.

»Die war wirklich mies!« Ich lache und klopfe ihm auf die Schulter. »Du hast ja noch nicht mal eine Tante Helga. Deine Tante heißt Helene.«

»Dafür habe ich ein Geschenk für dich«, entgegnet Ernst und drückt mir ein blaues Päckchen mit rosa Schleife in die Hand.

»Wow. Sogar in Klopapier eingepackt, passend zur Kloparty!«, staune ich.

»Ich hab es selbst bemalt«, verkündet Ernst stolz. »Wer sagt, dass man Klopapier nur verwenden kann, um –«

»Wir haben auch Geschenke für dich«, unterbrechen ihn Katja und Melanie und quetschen sich eifrig an Ernst vorbei. Sogar Angelique und ihre Cousinen Marie und Jacqueline schenken mir Blumen und französische Schokolade. Und gerade als ich glaube, dieser Klo-Geburtstag könnte durch nichts mehr getoppt werden, rollt Pauline einen kleinen Wagen mit einer Torte darauf aus einer der Kabinen. Und, Leute – das ist nicht irgendeine Torte. Pauline präsentiert uns eine Torte mit einer riesigen Klobrille aus Marzipan obendrauf. Und entlang der Klobrille stecken zwölf Kerzen.

»Ihr habt tatsächlich eine Überraschungsparty auf dem Klo für mich organisiert? Und eine Klobrillentorte für mich gebacken? Das ist ja fantastisch!«, rufe ich begeistert. Doch während Ernst sein Handy mit den Musikboxen verbindet, einen Song abspielt und Angeliques Cousinen beginnen, vor dem Sofa dazu zu tanzen, ziehe ich Angelique und Pauline zur Seite. »Aber was ist mit Herrn Niemand? Und seinem Sohn? Sollten wir uns nicht lieber um die beiden kümmern?«

»Keine Sorge, Chloé«, lacht Pauline. »Wir haben den ganzen Nachmittag Zeit. Lass uns erst mal feiern, dann können wir immer noch diesem Heiko Niemand und seinem Vater … ach du liebe Güte, Chloé, dreh dich nicht um! Du wirst nie erraten, wer soeben das Mädchenklo betreten hat.«

Ich finde, das ist so eine Sache mit Tipps und Empfehlungen. Immer, wenn jemand sagt, ich solle nicht dieses oder jenes tun oder dahin gucken, könnt ihr euch sicher sein, dass ich es erst recht mache. Ist ja nur logisch, oder? Wenn ich euch sage, ihr dürft jetzt auf keinen Fall an eine rosarot gestreifte Klobrille denken, woran denkt ihr dann? Na eben.

Also drehe ich mich entgegen Paulines Rat um und erstarre vor Schreck. »Was zur … was tut *der* denn hier?«, wispere ich.

Der ist niemand Geringerer als Heiko Niemand oder, wie Ernst ihn nennt, der Vampirjunge. Unser neuer Schüler, der gerade ohne Einladung mitten in unsere exklusive Toilettenparty platzt.

»Hey, Mann, hast du nicht die falsche Tür erwischt?«, mault Ernst und stemmt vor Heiko die Arme in die Hüften.

»Gleiches könnte ich auch von dir behaupten«, erwidert Heiko schlagfertig und grinst frech. Heute ist er ausnahmsweise nicht ganz in Schwarz gekleidet, sondern trägt ein graues T-Shirt mit der Aufschrift *Willkommen in Mittelerde* und einen breiten Ledergürtel um die Hüften, in dem ein Schwert aus Plastik steckt. So wie er aussieht, könnte man glauben, wir haben Karneval.

»Na und? *Ich* bin hier immerhin eingeladen«, schnauzt Ernst zurück und wirft einen Blick auf den Griff des Schwerts, der neben Heikos Gürtelschnalle herausragt. »Du hast dich wohl auf dem Weg zur Mittelalter-Kostümparty verirrt.«

»Das ist kein Kostüm, sondern mein Kleidungsstil«, antwortet Heiko und fegt sich die dunklen Stirnfransen aus den Augen. »Und außerdem bin ich nicht freiwillig hier. Eigentlich wollte ich heute Nachmittag zurück in meine Heimatstadt fahren und dort meine alten Freunde treffen.«

»Welche Freunde denn? Frodo und Gandalf etwa?«, kontert Ernst.

Ein paar meiner Freundinnen kichern hinter vorgehaltener Hand, aber Heiko wird nicht mal rot. Im Gegenteil, er beginnt zu strahlen.

»Na ja, nicht direkt«, korrigiert Heiko. »Ich spreche von meinen Freunden beim *Herr-der-Ringe*-Fanklub. Wir nennen uns Gandalfs Armee.«

»Du bist Mitglied in einem *Herr-der-Ringe*-Fanklub?«, will Angelique wissen.

»Nicht nur Mitglied. Ich habe ihn gegründet.« Heiko reckt stolz die Nase empor. »Bei unseren Vereinstreffen spielen wir den Film mit verteilten Rollen nach. Und sobald wir alle achtzehn Jahre alt sind, wollen wir gemeinsam nach Mittelerde fliegen … ähm, ich meine natürlich Neuseeland. Dort haben sie den Film nämlich gedreht. Außerdem lernen wir alle Elbisch. Das beherrschen nur wenige Leute auf dieser Welt.«

»Echt jetzt? Du meinst diese abdrehte Sprache aus dem Film, Heiko?«, fragt Katja und runzelt die Stirn. Sie kennt *Herr der Ringe* ebenfalls auswendig, aber so besessen wie Heiko ist sie deswegen noch lange nicht. Auch wenn sie sich schon mal als Elbenkönigin verkleidet hat, mit blonder Perücke und spitzen Ohren. Aber das war für Halloween. »Ist Elbisch nicht total schwer, Heiko?«

Beim Klang seines Namens verzieht Heiko das Gesicht. »Bitte nennt mich lieber bei dem Namen, den ich im Rollenspiel trage. *Heikomir.* Ihr könnt mich aber auch *Sohn des Elbenkönigs Niemandrion* nennen.«

»Okay, der Typ hat echt einen an der Waffel«, flüstert mir Melanie ins Ohr.

Ernst seufzt. »Na fein, Eure Herrlichkeit, Sohn des Elfenkönigs –«

»Elbenkönigs«, korrigiert Heiko streng.

Ernst macht eine gespielte Verbeugung. »'tschuldigung, Sohn des Elbenkönigs Niemandrion. Eure Hoheit, erlaubt mir trotzdem die Frage, was Ihr hier zu suchen habt? Das hier ist nämlich eine geschlossene Toilettengesellschaft.«

Da lässt Heiko, pardon, natürlich Heikomir, den Kopf hängen und sieht plötzlich gar nicht mehr so herrschaftlich aus. »Hab ich doch schon gesagt! Ich wollte gar nicht hier sein, ich wäre viel lieber mit dem Zug nach Hause gefahren und hätte mich mit Gandalfs Armee getroffen. Aber Direktor Oberhauser meinte, ich solle mich gleich mal in die Klasse integrieren –«

Bevor Heiko weitersprechen kann, schwingt die Tür erneut auf, und Direktor Oberhäusl höchstpersönlich betritt das Mädchenklo. Drei Jungs im Mädchenklo, das hat es bestimmt noch nie gegeben. Wir müssen echt aufpassen, dass das nicht zur Gewohnheit wird.

»Oh, die Party ist ja schon in vollem Gange«, lacht der Direktor und schiebt Heiko an den Schultern etwas weiter in unsere Mitte. »Na, Chloé, habt ihr eurem neuen Klassenkollegen schon ein Stück Klobrillentorte angeboten?«

»Nö.« Ernst verschränkt trotzig die Arme. »Warum sollten wir? Wir haben ihn ja noch nicht mal eingeladen. Und er hat auch kein Geschenk für Chloé dabei.«

Der Direktor macht ein paar Schritte auf Ernst zu und funkelt ihn an. »Sei mal nicht frech, mein Junge«, zischt er ihm leise zu, aber nicht leise genug, dass niemand etwas mitbekommt. »Sonst überlege ich es mir nämlich anders und brumme dir eine gehörige Strafe auf, anstatt dich für die Klo-Aktion nur zu verwarnen.«

»Sie *verwarnen* mich nur? Ich werde also nicht bestraft?« Im ersten Moment ballt Ernst vor Freude die Faust, um damit in die Luft zu boxen, doch im nächsten setzt er schon wieder sein unbeteiligt-cooles Ernst-Fröhlich-Pokerface auf. »Wäre auch mächtig ungerecht gewesen. Immerhin war nicht *ich* der Übeltäter, sondern Eure *Hohlheit*, der Elbenkönig vom Niemandsland –«

»Genug jetzt«, schneidet ihm Oberhäusl streng das Wort ab. »Ich dachte, die Sache mit den Anschuldigungen hätten wir bereits abgehakt? Wir wissen nicht sicher, wer es war. Darum wird auch keiner bestraft, alles klar? Und vergesst bloß nicht, dass ihr diese Kloparty nur feiern dürft, weil *ich* es euch erlaubt habe.«

Wir schweigen und senken die Köpfe. Schon klar, dass wir ohne Direktor Oberhäusl weder so ein tolles Schulklo hätten noch eine Kloparty feiern könnten.

»Habe ich außerdem schon erwähnt, dass *ich* es war, der die ganze Sauerei auf dem Klo beseitigt hat?«, macht der Direktor weiter. »Dabei ist das gar nicht meine Aufgabe! In meiner Jobbeschreibung als Direktor stand nichts von –«

»Ähm … Herr Direktor«, unterbricht ihn Ernst und starrt mit großen Augen einige Zentimeter über Direktor Oberhäusls Kopf hinweg.

»Nichts da, Ernst. Wer große Töne schwingt, wird sich auch meinen Vortrag zu Ende anhören. In meiner Jobbeschreibung als Direktor steht nichts davon, Verwüstungen auf dem Mädchenklo zu beseitigen, und trotzdem habe ich es erledigt. Sagt mal, wisst ihr eigentlich, wie viel Papierkram auf meinem Schreibtisch wartet? Und der nächste Elternsprechtag plant sich auch nicht von selbst –«

»Aber, Herr Direktor«, probiert es Ernst erneut.

»Was denn, Ernst?«, bellt Oberhäusl.

»Da … da baumelt eine Eidechse über Ihrem Kopf!« Ernst deutet auf den Luftschacht, der sich über dem Direktor befindet. Und tatsächlich sehe ich, dass die verschollene Katy zwischen den Öffnungen des Luftschachtgitters hindurchgekrochen sein muss und sich nun mit ihren Klauen am Gitter festhält. Ihr schuppiger Schwanz baumelt keine zwanzig Zentimeter über Oberhäusls Haarschopf.

»Da ist Mikas Bartagame«, rufe ich.

»Eine Bartagame? Etwa eins dieser Tierchen, die ihr beim Herbstfest auf die Gäste losgelassen habt? Sagt bloß, eins davon treibt sich immer noch im Schulhaus rum.« Direktor Oberhäusl blickt sich um, sieht nach links und nach rechts, nur über seinen Kopf guckt er nicht. »Wo ist es denn?«

»Hängt über Ihnen, Herr Direktor!«, quieke ich.

Und dann geht alles ganz schnell. Katy findet mit ihren Klauen am Gitter keinen Halt mehr und plumpst hinab, während Direktor Oberhäusl panisch mit den Händen über seinem Kopf hin und her rudert, als wollte er einen Schwarm Mücken verscheuchen. Dabei verpasst seine rechte Hand Katy unabsichtlich einen kräftigen Hieb und katapultiert die Echse völlig unkontrolliert durch den Raum, bis sie schließlich mit einem schmatzenden Geräusch mitten in der Toilettentorte landet.

Die Partygäste japsen aufgeregt, Direktor Oberhäusl stößt einen spitzen Schrei aus, und Heikomir hält sich noch schützend die Arme vors Gesicht und macht einen

großen Schritt von der Torte weg, doch das nützt jetzt auch nichts mehr. Ein ordentlicher Batzen Schokocreme landet mitten in Heikomirs vampirblassem Gesicht.

Einen Moment lang ist es totenstill. Wie angewurzelt stehen alle da und sehen mir dabei zu, wie ich Mikas Bartagame aus der Torte befreie, das schokoladenverschmierte Tier auf meinen Arm klettert und ich es in meine Schultasche stecke und rasch den Reißverschluss zuziehe. Zuerst befürchte ich Ärger, doch dann beginnt der Direktor zu grinsen. Nein, er grinst nicht nur, er lacht schallend, bis Tränen aus seinen Augen treten. Die anderen scheinen sich auch köstlich über die Showeinlage zu amüsieren.

Selbst Heikomir grinst, auch wenn er mit den schokoladigen Wangen aussieht, als hätte er mit dem Gesicht ein Schönheitsbad in den Sümpfen von Mittelerde genommen. Doch dann streicht er mit dem Finger über seine Wange und schleckt die Creme ab. »Hm. Edelbitterschokolade. Scheint, als hätte ich doch noch ein Stück der Torte abbekommen.«

Love is in the air

Am Tag nach meinem Geburtstag bin ich noch planloser als sonst. Und, Leute, das liegt nicht nur daran, dass wir gerade eine ziemlich furchtbare Mathestunde mit Herrn Klaus hinter uns bringen mussten und ich schon nach fünf Minuten Gleichungen, Prozentrechnen und Textaufgaben ein Plus nicht mehr von einem Minus unterscheiden konnte und nur mehr frustriert zum Fenster rausgestarrt habe – sondern auch daran, dass ich in Sachen Niemand kein einziges Stück weitergekommen bin. Und die Schuld daran tragen, und jetzt haltet euch fest, meine besten Freundinnen Melanie und Katja!

Ja, richtig gelesen. Melanie und Katja, meine ach so tollen Freundinnen hatten es sich gestern Nachmittag nach der Geburtstagsparty noch anders überlegt und fanden die Idee, in Heikos und Herrn Niemands Wohnung einzubrechen und den zweiten Turnschuh zu suchen, dann doch nicht mehr so toll. Dabei waren sie am Tag zuvor noch Feuer und Flamme gewesen. Besonders Katja, denn die ist normalerweise immer für draufgängerische Aktionen zu haben.

»Sag mal, warum ist das denn eigentlich notwendig, Chloé?«, wollte Melanie wissen, als es später Nachmittag wurde und die ersten Partygäste bereits die Klofeier verlassen hatten. Selbst Giovanni war müde geworden und hatte sich aufs Sofa gelegt, um ein wohlverdientes Nickerchen zu machen. Vielleicht war ihm aber auch von der Schlagsahne auf der Torte übel geworden, von der er heimlich genascht hat.

»Melanie hat recht«, hat dann auch Katja gesagt. »Alles ist in Butter, Chloé. Ernst wurde begnadigt und das Klo glänzt wieder wie früher. Ist doch egal, wer das Klo-Fiasko angerichtet hat.« Ziemlich uninteressiert hat sie mit ihren Schultern gezuckt. »Außerdem ist Heiko ganz cool, finde ich. Als die Schokolade in seinem Gesicht gelandet ist, hat er sogar über sich selbst gelacht. Er mag nicht nur *Herr der Ringe*, sondern hat auch Sinn für Humor.«

Glaubt mir, ich konnte nicht fassen, was die beiden da gesagt haben. Bei Melanie hätte ich es ja noch verstanden, immerhin ist sie ziemlich schüchtern. Aber bei Katja? Die will doch später Stuntfrau werden und liebt normalerweise jede Art von Action! Es kann ihr gar nicht gefährlich genug sein!

Schließlich war mein letztes Ass im Ärmel, ihnen vom faltigen Eddie und den Geldautomatenpiraten zu erzählen – und selbst da haben die beiden nur müde gelächelt und meinten, Ernst und ich sollten lieber mal weniger Krimiserien schauen.

Versteht ihr nun, warum ich entsetzt bin?

Zumindest sind Pauline, Ernst und Angelique immer noch davon überzeugt, dass wir uns in Sachen Klo-Fiasko mit den Niemands auf einer heißen Spur befinden. Genau deswegen haben wir uns heute gegenüber der Schule im Café Cleo getroffen, um zu überlegen, wie wir weitermachen könnten. Das Café Cleo ist mein Lieblingsort außerhalb der Schule, denn es ist mit ganz vielen Flohmarktmöbeln eingerichtet, die alle nicht zusammenpassen. Das Klo in diesem Laden ist zwar längst nicht so toll wie in der Schule, dafür gibt es hier die besten Milchshakes.

Ernst und ich sitzen auf einem grünen Sofa, aus dem bereits ein paar Federn ragen, und trinken schon den dritten Shake in Folge, während sich Pauline Kräutertee bestellt hat und Angelique gerade mit einem randvollen Glas merkwürdiger grüner Pampe von der Theke zurückkommt.

»Uah, Prinzessin, hast du da etwa Spülwasser bestellt? Sieht für mich aus wie grüne Dinokacke«, blödelt Ernst herum.

»Das ist ein grüner Smoothie«, erklärt Angelique und

nimmt einen Schluck. »Grünkohl, Spinat, Kiwi und Petersilie.«

Ernst späht in Angeliques Glas. »Igitt, das klingt ja zum Kotzen. Und das schmeckt dir?«

»Ähm, ja.« Angelique setzt ein breites Grinsen auf. »Es ist … gar nicht übel. Außerdem ist so was gut für die Abwehrkräfte und gegen Falten. Mama sagt, damit sieht man locker fünf Jahre jünger aus.«

Ernst schmunzelt. »Du bist zwölf. Willst du etwa aussehen wie sieben?«

Jetzt schürzt Angelique wütend die Lippen. »Man ist nie zu jung, etwas gegen vorzeitige Hautalterung zu tun, verstanden? Und wenn du weiter so reinfutterst, als gäbe es ab morgen eine Hungersnot, musst du deine Videos bald im Breitbandformat drehen.«

Pauline und ich müssen lauthals lachen. Langsam lernt Angelique, richtig auszuteilen.

»Zumindest bist du nicht die Einzige mit seltsamem Getränk am Tisch«, wechselt Ernst das Thema und deutet auf Pauline, die schon die dritte Tasse Kräutertee schlürft. »Kaum zu glauben, dass du und Pauline euch bis vor ein paar Wochen noch bis aufs Blut gehasst habt. Dabei seid ihr euch in Wahrheit ziemlich ähnlich.«

Unverhofft schlingt Angelique ihren Arm um Pauline. »Ich finde, dass Pauline eine ziemlich coole neue Stiefschwester abgibt. Und außerdem komme ich schon viel besser damit klar, dass mein Papa jetzt in Paulines verrückte Mama verliebt ist. Erwachsene haben eben manchmal einen an der Waffel.«

»Hey! Meine Mum ist nicht verrückt«, wehrt sich Pauline. »Na gut, vielleicht ein bisschen.«

Angelique kichert. »Außerdem, wisst ihr schon das Neueste? Meine Mama hat jetzt auch einen neuen Freund. Ich weiß zwar noch nicht, wer es ist, aber sie schwebt im Moment auf Wolke sieben. Ich kann anstellen, was ich will, und bekomme keinen Ärger, außerdem kauft sie mir ständig neuen Schmuck und Klamotten.« Sie hält uns ihre Hand entgegen. »Habt ihr schon mein neues Einhorn-Armband gesehen? Aus geschliffenem Bernstein.«

»Wie bitte? Die rosarote Sumpfhexe hat einen Freund?«, stößt Ernst hervor, während ich mich frage, warum meine Eltern nicht mal wieder einen Verliebtheits-Anflug haben können. Ich bräuchte dringend ein paar neue Kleider. »Ups, sorry, Angelique.«

»Pfft«, macht sie und scheint nur ein bisschen beleidigt über die »Sumpfhexe« zu sein. »Ich habe längst mitbekommen, wie ihr meine Mutter nennt. Aber das ist nicht ganz fair, immerhin hat sie der Schule schon eine Menge Geld gespendet, das auch euch zugutekommt. Zu den Klassenfahrten der Sechsten zahlt sie jedes Mal aus eigener Tasche etwas dazu. Wie sonst könnten wir denn so günstig eine ganze Woche lang verreisen?«

Hab ich euch eigentlich schon erzählt, dass wir in einigen Monaten, sobald der Winter rum ist, auf Klassenfahrt gehen? Wohin, das wissen wir noch nicht genau, aber wir hoffen, dass es uns weit, weit weg verschlägt. Irgendwohin, wo wir alle noch nie waren. Ernst, der von gruseligen Dingen nie genug bekommen kann, hofft auf eine Reise in ein Dracula-Schloss nach Transsilvanien. Ich und Pauline würden gerne auf Hawaii surfen lernen. Dass allerdings Angeliques Mutter den Trip für die Schule mitfinanziert, wussten wir noch nicht. Vielleicht ist die rosarote Sumpfhexe doch nicht so schlimm wie ihr Ruf.

»Oh«, murmelt jetzt auch Ernst und starrt verlegen in sein Getränk. »Bleibt zu hoffen, dass es dieses Jahr überhaupt eine Fahrt gibt und Niemand nicht vorher dafür sorgt, dass in der Schule alles drunter und drüber geht. Heute verwüstet er das Mädchenklo und morgen klaut er womöglich die Computer aus dem Technikraum. Oder er stibitzt Schulgeld von Frau Hohl-Kopp. Dem ist alles zuzutrauen.«

»Darum müssen wir ihn aufhalten. Meinetwegen auch ohne Katja und Melanie!«, beschließe ich und sauge den letzten Rest meines Shakes durch den Strohhalm ein. Früher habe ich einfach alles mit Katja und Melanie gemacht – Hausaufgaben, Fernsehabende, Shoppingtouren. Wir haben sogar im letzten Sommer einen Urlaub mit einer Kinderfreizeit am See verbracht. Diese waghalsige

Operation ohne die beiden durchzuziehen, macht mir Bauchschmerzen. Aber ich *muss* es tun.

Für die Schule! Und für die Zukunft unseres Mädchenklos!

Wir haben Glück.

Am nächsten Montag, dem Morgen des 21. November, gibt es zum ersten Mal in diesem Jahr Schnee. Alle hier sind so aus dem Häuschen, dass man glauben könnte, unsere gesamte Klasse würde eigentlich in Westafrika leben und hätte noch nie Schneeflocken gesehen.

»Ha, Volltreffer!«, lacht Ernst, als ein Klumpen Schnee im Gesicht seines Kumpels Paul landet.

»Was zur –«, schimpft Paul und guckt von seinem Pausenbrot hoch. »Sag mal, bist du irre, Fröhlich?«

Doch Ernst gluckst nur, klettert wieder aus dem Fenster in den Schulhof, formt damit einen noch größeren Ballen und wirft ihn erneut zu uns ins Klassenzimmer.

»Ach, Chloé«, seufzt Pauline und schüttelt den Kopf. »Jungs sind so kindisch. Gestern tun sie noch cool und erwachsen, doch kaum fallen ein paar Schneeflocken, wollen sie nichts anderes als Schneemänner bauen, Schneeballschlachten veranstalten oder ihren Namen in den Schnee pinkeln.«

Ich nehme einen Bissen meines Käsebrots. »Ernst ist zwar dreizehn, aber trotzdem noch ein kleiner Junge. Jede Wette, morgen ist er krank.«

Etwas wehmütig starrt Pauline ihm hinterher, während er gerade im Schnee ausrutscht und die anderen Jungs ihn schadenfroh auslachen. »Ich wünschte nur, er würde sich etwas mehr für Mädchen und weniger für seine Streiche interessieren.« Sie seufzt. »So toll, wie Ernst aussieht, könnte er das Herz jedes Mädchens erobern. Ach, er ist einfach ein Traumtyp.«

Beinahe bleibt mir der Bissen Käsebrot im Hals stecken und ich muss husten. »Moment mal, Pauline. Sprechen wir gerade über Ernst?«, lache ich, nachdem ich mich wieder beruhigt habe. Ich sehe zum Fenster, durch das Ernst gerade erneut umständlich ins Klassenzimmer klettert, seine Baseballkappe mit Schnee gefüllt. Ernst? Dem vor lauter Kälte ordentlich die Nase rinnt, aber der gerade zu faul ist, sie zu putzen? Etwa *der* Ernst?

»Na, wer denn sonst?«, schwärmt Pauline und flattert verträumt mit den Wimpern. »Sein goldblondes Haar leuchtet wie die Sonne, die tiefblauen Augen sind so unergründlich wie das Meer, sein sportlicher Körper –«

Goldblondes Haar? Tiefblaue Augen? Und sportlicher Körper? Hat Pauline eben tatsächlich *sportlicher Körper* gesagt? Wie es aussieht, hat sich nicht Ernst, sondern Pauline eine Grippe eingefangen und leidet nun unter den

wildesten Wahnvorstellungen.

Ich sollte dringend mal bei ihr Fieber messen.

»Pauline, gib es zu, du liest die Kitschromane deiner Mutter!«, ziehe ich sie auf und stupse sie neckisch in die Seite. Neulich habe ich auf ihrem Nachtkästchen einen Wälzer mit dem lächerlichen Titel *Gezeiten der Liebe* gefunden. Wenn sie noch mehr solcher romantischen Schmöker liest, dann wundert es mich bald gar nicht mehr, dass sie so blumig daherredet und Ernst wie ein kopfloses Schaf anschmachtet. So sentimentales Zeug zu lesen, macht nämlich liebeskrank. Wenn sie nicht aufpasst, endet sie noch wie Mama, die immer heulen muss, wenn *Titanic* im Fernsehen läuft.

»Ach, Chloé«, sagt Pauline nur und reagiert überhaupt nicht auf meine Frage. Stattdessen sieht sie Ernst verliebt dabei zu, wie der Jonas einen eiskalten Schneebatzen in den Nacken reibt. »Wenn Ernst mich nur *endlich* bemerken würde. Seit er sich neulich als mein Freund ausgegeben hat, um mich beliebter zu machen, dachte ich, er mag mich. Aber jetzt lässt er mich wieder links liegen und findet den dämlichen Schnee viel spannender! Hm, womöglich ist er ja in eine andere verliebt?«

»Was? Das denkst du doch nicht wirklich.«

»Doch!« Mit zusammengekniffenen Augen guckt Pauline zu den anderen Mädchen im Klassenzimmer, die gerade ihr Frühstück verdrücken. »Was ist mit Angelique? Bestimmt ist Ernst heimlich in Angelique verknallt.«

Ich kann nicht glauben, was ich da höre. »In Angelique? Die beiden hassen sich doch bis aufs Blut. Hast du nicht mitbekommen, dass er ihr ständig dämliche Spitznamen verpasst? Blondie? Terror-Tussi? Oder Einhorn-Prinzessin?«

Paulines Wangen werden so rot wie ihre Haare. »Könnte ja trotzdem sein.« Sie guckt verschämt und setzt dann einen Hundeblick auf. »Sag mal, Chloé, du bist doch meine beste Freundin hier. Kannst du Ernst nicht mal fragen? Ob er in jemanden verknallt ist? Und ob dieser Jemand vielleicht zufällig … *ich* bin?«

Soll ich euch die Wahrheit verraten? Die Sache ist ein wenig verzwickt. Natürlich könnte ich Ernst fragen, ob er insgeheim etwas für Pauline übrig hat. Aber was ist, wenn er Nein sagt? Dann ist Pauline zu Tode betrübt und will bestimmt nicht mehr länger mit uns rumhängen. Und das würde bedeuten, sie säße in der Mittagspause wieder alleine am Tisch, so wie damals, als sie neu an die Schule gekommen ist und ihr Angelique das Tablett mit dem Kartoffelpüree ins Gesicht geklatscht hat. Dabei ist Pauline jetzt so aufgeweckt und beliebt wie nie zuvor.

»Ähm … ja, bei Gelegenheit. Wenn es sich ergibt«, rede ich mich heraus und hoffe, dass mir noch ein Vorwand einfällt, um Ernst nicht nach Pauline fragen zu müssen. »Aber jetzt sollten wir erst mal etwas viel Wichtigeres erledigen.«

Paulines Augen werden groß. »Was könnte denn wichtiger sein, als das Herz eines Märchenprinzen zu erobern?«

Ich seufze. Pauline darf echt keine Kitschromane mehr lesen! »Na was wohl? Die nationale Sicherheit! Ein krimineller Klo-Verwüster und Geldautomatendieb muss gefasst werden. Hast du das etwa schon vergessen?«

Pauline seufzt. »Ach so. Das meinst du.«

»Heute ist außerdem der perfekte Tag. Niemand schippt draußen Schnee.«

»Ist das nicht gefährlich? Was ist, wenn jemand stürzt?«, sagt Pauline scherzhaft. »Nein, ich hab schon verstanden, Chloé. Herr Niemand ist beschäftigt. Die Luft ist rein.«

EnzyKLOpädie

Kloweisheit #10:

Wusstet ihr, dass Toiletten
ganz schön viel Wasser verschwenden?
Eine durchschnittliche Toilette verbraucht rund sechs Liter Wasser pro Spülung. Das ist eine ganze Menge!
Deshalb gibt es auf vielen modernen Toiletten „Wasserspartasten“,
mit denen kann man den Wasserverbrauch deutlich reduzieren.

Die Schnee-Spione

»Heute ist der perfekte Tag für unseren Einbruch, Leute«, erkläre ich, während Pauline, Angelique, Ernst und ich leise durchs Untergeschoss der Schule schleichen. Rechts und links liegen nicht nur die Garderoben für den Sportunterricht, etwas weiter hinten befindet sich auch die kleine Hausmeisterwohnung, die Herr Niemand und sein Sohn letzte Woche bezogen haben.

Unser Ziel.

»Sollen wir das wirklich durchziehen?«, fragt Pauline und sieht sich ängstlich um, als könne jeden Moment Oberhäusl, unser Mathelehrer Herr Klaus oder die Englisch-Kümmel um die Ecke huschen.

»Aber natürlich, Pauline. Ich habe das genauestens geplant. Wir haben Montag, es ist die achte Stunde, da findet kein Sportunterricht mehr statt, und somit gibt es keine Zeugen«, mache ich ihr klar. »Erst ab siebzehn Uhr ist hier wieder ordentlich was los. Dann kommen nämlich die Damen von der Frauengemeinde zum Senioren-Ballett.«

»Uaaah.« Ernst schüttelt sich und schneidet eine Grimasse. »Omas in rosafarbenen Tutus. Bis dahin sind wir hoffentlich über alle Berge.«

»Außerdem besucht Heikomir heute Nachmittag zum ersten Mal sein freiwilliges Wahlfach Französisch. Der ist also auch nicht zu Hause«, erkläre ich weiter.

Bei der Erwähnung von Heikos Namen rollt Ernst mit den Augen. »Unser Fantasy-Vogel hatte heute einen ziemlich erfolgreichen ersten Schultag und hat sich seit deiner Kloparty schon eine Menge Freunde gemacht. Keinen blassen Schimmer, was die anderen an einem Bleichgesicht finden, das ein Plastikschwert mit in die Schule schleppt und Elbisch lernt.«

»Und weil es immer weiterschneit, ist Herr Niemand sicher noch den ganzen Nachmittag mit Schneeschaufeln beschäftigt«, ergänzt Angelique und beobachtet durch die schmalen, hohen Fenster das Schneetreiben draußen. »Der wird uns also auch nicht stören.«

»Hm. Damit könntest du recht haben. Stark kombiniert, Barbie«, lobt sie Ernst und klopft ihr auf die Schulter.

Einen Moment lang ist es still, und ich merke, wie mir Pauline einen traurigen Blick zuwirft. Bestimmt denkt sie jetzt, sie hätte mit ihrer Vermutung richtiggelegen. Dass Ernst in Angelique verliebt ist.

Egal. Dafür haben wir jetzt keine Zeit.

»Also … dann nichts wie los«, bestimme ich und drücke die Klinke der Durchgangstür zu Herrn Niemands Wohnung hinunter.

»Was ist los, Chloé?«, fragt Ernst.

»Abgesperrt«, antworte ich zerknirscht.

Kurz bin ich überrascht. Denn als die Wohnung noch leerstand, war diese Tür immer offen gewesen. Die Sportlehrer hatten in den danebenliegenden Räumen Turnmatten, vergessene Klamotten oder Medizinbälle gelagert. Andererseits ist es nun, da die Wohnung Privatsache ist, nur logisch, dass die Durchgangstür zu diesem Trakt versperrt sein muss. Es könnte allerdings genauso gut bedeuten, dass die beiden Niemande etwas zu verbergen haben …

»Keine Sorge, damit habe ich gerechnet«, meint Ernst, ohne mit der Wimper zu zucken. »Und dank unzähliger Krimifolgen habe ich bereits einen soliden Plan B.«

Angelique seufzt. »Bitte sag mir, dass du nicht vorhast, die Tür einzutreten, Rambo.«

Ernst lacht auf. »Hab ich nicht. Ich merk es mir aber, als Plan C.«

»Sekunde mal! Wenn die Tür heil bleibt … heißt das etwa, du hast einen Schlüssel? Oh Ernst, du bist einfach der allercoolste Typ der Welt!« Pauline strahlt ihn begeistert an, doch dann beißt sie sich verlegen auf die Lippe. »Ich meinte natürlich … das wär sehr nützlich.«

»Schlüssel? Fehlanzeige.« Ernst knirscht mit den Zähnen. »Aber ich zeige euch was uns weiterhelfen könnte.«

Mehr erklärt Ernst uns nicht. Stattdessen will er, dass wir ihm folgen. Und so führt uns Ernst die Treppen hinauf, zurück ins Foyer des Schulhauses und von dort durch die verglaste Eingangstür nach draußen, die Schulmauer entlang. Nur mit unseren Sweatern und dünn bekleidet, stapfen wir zitternd und schlotternd vor Kälte durch den Schnee, bis Ernst schließlich anhält und sich zu uns umdreht.

Angelique hat ihren Pulli bis unter die Nase hochgezogen und deutet mit dem Finger auf Ernsts Brust. »Ich hoffe,

was du vorhast, ist ein Geniestreich, Mister Fröhlich. Meine Glitzerstrumpfhose ist schon komplett durchnässt, und wenn wir noch lange hier draußen stehen, friere ich mir den großen Zeh ab.«

»Dann hättest du heute eben keinen Minirock anziehen sollen«, schnauzt Ernst zurück.

»Woher hätte ich denn wissen sollen, dass wir heute einen Wandertag nach Sibirien machen, Blödma… ha… hatschi!«

»Hier sind wir schon«, beruhigt sie Ernst, bückt sich und deutet auf die Fensterscheiben, die knapp über dem Boden in der Schulmauer eingelassen sind. »Das hier sind die Fenster zu Niemands Wohnung. Das erste führt ins Badezimmer, das zweite ins Wohnzimmer und das ganz hinten müsste das Fenster zu Heikomirs Zimmer sein.« Er drückt fest gegen den ersten Fensterrahmen. »Mist. Auch geschlossen. Ich hatte gehofft, wir könnten womöglich hindurchklettern.«

»Oh Wunder, geschlossene Fenster bei Schneefall, das kommt echt überraschend«, lästert Angelique.

»S…s…sag mal, Ernst, denkst du wirklich, wir kommen hier weiter?«, bibbere ich. Der Wind pfeift mir um die Ohren und ich komme mir vor wie am Nordpol. Der Wintereinbruch kam dieses Jahr wirklich schnell, und ich bin plötzlich froh, dass ich heute früh Tante Trudes hässlichbeige, selbst gestrickte Socken anziehen musste, weil die hübschen Paare alle in der Wäsche waren.

»Natürlich, Chloé. Niemand hat die Lichter brennen lassen, also können wir durch die Scheiben alles, was sich in der Wohnung befindet, prima erkennen. Los, Leute, jeder stellt sich vor ein Fenster und berichtet mir, ob er etwas Auffälliges bemerkt.« Ernst geht in die Hocke und presst die Stirn an die Glasscheibe. »Ich fange hier mit dem Wohnzimmer an. Chloé, du kontrollierst Heikomirs Zimmer, Pauline das Bad, Angelique das Schlafzimmer. Alles klar?«

Ich seufze und stapfe etwas widerwillig vor Heikomirs Fenster. Wenn wir keinen Hinweis finden und ich mich auch noch erkälte, wird Ernst mir das büßen.

»Und? Schon was entdeckt?«, fragt Ernst.

»Herr Niemand hat eine ziemlich interessante Bettwäsche. Mit Donald Duck, Dagobert Duck und … sind das die Panzerknacker? Das könnte ein eindeutiger Hinweis sein«, sagt Angelique.

»Panzerknacker-Bettwäsche, nicht übel«, überlegt Ernst. »Was ist mit dem Schuh? Siehst du irgendwo den zweiten Turnschuh? Oder vielleicht einen unverschämt großen Batzen Geld, der aus einem Bankraub stammen könnte?«

»Leider nein.«

»Und bei dir, Pauline?«

»Niemand muss neues Klopapier kaufen«, ruft Pauline vom Badezimmerfenster zu uns herüber. »Außerdem ist der Toilettensitz hochgeklappt. Widerlich! Typische Männerbude.«

»Was ist mit dem Wohnzimmer, Ernst?«, fragt Angelique.

»Nun ja. Wirkt eigentlich alles ziemlich normal hier. Nur aufräumen könnte Niemand wieder mal«, antwortet Ernst, fischt sein Handy aus der Hosentasche und richtet es auf die Fensterscheibe.

»Ernst, machst du ein Foto?«, staune ich. »Hast du etwa den vermissten Turnschuh gefunden?«

»Das nicht. Aber das Wohnzimmer sieht tausendmal schlimmer aus als mein Zimmer, darum habe ich meiner Mum ein Bild davon geschickt. Vielleicht hört sie dann endlich auf, mich anzumotzen, dass ich ordentlicher sein soll. Seit ich ein neues Handy bekommen habe, ruft sie mich ständig an, wenn sie zu Hause was sucht und es in meinem Durcheinander angeblich nicht findet. Ich überlege schon, es ihr zurückzugeben.«

»Mann, Ernst!« Angelique rollt mit den Augen. »Konzentrier dich auf das Zimmer, und sag uns, was du siehst!«

Ernst kneift die Augen zusammen. »Na gut. Socken. Ein Paar dreckige, eklige Socken und auch eine alte Unterhose, igitt. Und da, auf dem Sofa, liegt außerdem eine angebrochene Packung Kartoffelchips mit Essiggeschmack – würg, wer isst den so was! … Außerdem ein halbes Sandwich und – ach du heiliges Kanonenrohr, was ist denn das?«

»Was?«, rufen wir gleichzeitig.

»Neben dem Flachbildfernseher steht eine … boah! Das ist ja eine brandneue Playstation! Wie kann sich ein normaler Hausmeister denn einen so tollen Fernseher und eine Hammer-Konsole leisten? Da haben wir den Beweis! Herr Niemand *ist* der faltige Eddie.«

»Bist du damit nicht etwas zu vorschnell?«, antworte ich. »Bloß weil Niemand eine teure Playstation besitzt, muss das nicht heißen, dass er sie geklaut hat.« Erwachsene geben doch ständig Geld für unnötige Sachen aus. Mein Papa hat auch einen Kredit von der Bank aufgenommen, um seinen Traum von einem eigenen Tonstudio zu verwirklichen. Leider klingt seine Stimme auf Band genauso scheußlich wie in echt. Mein Bruder Mika hat da fürs Singen schon deutlich mehr Talent.

»Was ist mit Heikomirs Zimmer?«, will Ernst jetzt wissen.

Ich gehe näher ans Fenster und sehe mich in Heikos Raum um. Anders als in den übrigen Räumen ist hier alles fein säuberlich aufgeräumt, selbst das Bett, das sich direkt unter dem Fenster befindet, ist ordentlich gemacht. An der Wand hängen große, glänzende Poster vom Zauberer Gandalf, von dem Hobbit Frodo, dem blonden Elben Legolas und anderen Figuren aus *Der Herr der Ringe*. Daneben, über der Tür des Zimmers, befindet sich ein großes goldenes Schild auf dem »Seid willkommen in Mittelerde, Fremdlinge« steht. Auf der Kommode rechts davon entdecke ich außerdem puppenähnliche Spielfiguren aus dem Film und mehrere silbern glänzende Amulette.

»Bloß 'ne Menge Fankram«, antworte ich. »Wow, er besitzt sogar eine Gollum-Gummimaske für den Karneval.«

»Eine Gollum-Maske.« Ernst rollt mit den Augen. »Dabei ist Heikomir doch ohne Maske schon gruselig genug. Sonst noch was?«

»Da sind noch mehr Kostüme«, antworte ich.

»Heikomir hat gesagt, dass er mit seinen komischen Kumpels den Film in echten Kostümen nachspielt«, antwortet Ernst, kommt zu mir rüber und presst seine Stirn an Heikos Fenster. »Moment mal. Siehst du das dahinten? Das ist ein Piratenhut! Bei *Herr der Ringe* gibt's doch gar keine Piraten!« Ernst klebt jetzt förmlich mit dem Gesicht an der Fensterscheibe. »Vielleicht ist das die Verkleidung vom faltigen Eddie, mit der er – uuuaaahhh!«

Mir bleibt keine Chance zu reagieren. In diesem Moment gibt wie durch Zauberhand das Fenster nach und schwingt auf, dabei verliert Ernst das Gleichgewicht, stürzt kopfüber in Heikomirs Zimmer und landet mitten in dessen Bett.

Mir bleibt fast das Herz stehen.

»Ernst?«, rufe ich und klettere hastig durch das offen stehende Fenster in Heikos Zimmer. Dabei nehme ich eine ordentliche Menge Schnee mit, der an meinen Schuhen klebt. »Ist alles in Ordnung?«

»Mir geht's gut.« Ernst rappelt sich auf und reibt seinen Kopf. »So ein Mist. Ich hätte sehen müssen, dass das Fenster bloß angelehnt war. Egal, jetzt haben wir jedenfalls einen Weg in die Wohnung gefunden und können uns hier unbemerkt umsehen. Huch, wie interessant, scheint, als schlafe der Vampirjunge doch nicht in einem Sarg.«

»Unbemerkt?« Etwas unbeholfen krabble ich von Heikos Bett auf den Zimmerboden und reiche Ernst die Hand. »Heikos Bett ist vom Schnee total durchnässt und außerdem dreckig von unseren Schuhen. Sobald er hier auftaucht, wird er sofort bemerken, dass jemand –«

Ich komme gar nicht dazu, den Satz zu beenden. Hinter Ernsts Rücken geht die Zimmertür auf und Heikomir höchstpersönlich betritt den Raum. Als er uns sieht, entfährt ihm ein spitzer Schrei.

»Was … was um alles in der Welt sucht ihr in meinem

Zimmer?«, stößt er hervor und wird noch einen Tick blasser. »Seid ihr etwa durchs Fenster geklettert?«

Bis eben hatte niemand von uns Angst vor Heikomir. Ganz im Gegenteil, wir haben uns eher über ihn lustig gemacht. Aber jetzt, als er vor mir steht mit dem undurchdringlichen Gesichtsausdruck, dem Schwert, das in seinem Gürtel steckt, und den schweren, klobigen Stiefeln, wird mir doch etwas mulmig.

»Hey, hey, hey, nichts für ungut, Kumpel. Wir haben dieses schöne, einladende Schild durchs Fenster gesehen«, kontert Ernst prompt und lächelt schief, »und dachten, wir könnten dir ja mal einen Besuch abstatten. Aber was ist mit dir? Solltest du nicht eigentlich im Französischkurs sitzen?«

Das ist ja wieder mal typisch Ernst. Anstatt sich zu rechtfertigen, bläst er zum Gegenangriff. Diesmal jedoch scheint seine Taktik zu funktionieren, denn Heiko wirkt plötzlich gar nicht mehr wütend.

»Ich weiß, ich sollte in der Schule sein«, gibt er zu und senkt den Kopf. »Aber wenn ich ehrlich sein soll, habe ich mich bloß wegen Angelique für den Französischkurs angemeldet. Und weil sie nicht gekommen ist, hab ich mich eben wieder ausgetragen.«

»Wegen Angelique?«, stoße ich überrascht hervor. Wie vom Donner gerührt starre ich Heiko an, der gar nicht mehr so blass aussieht. Im Gegenteil, als er nun von Angelique spricht, ist auf seinen Wangen ein Rosaschimmer aufgetaucht.

»Ich finde sie ziemlich toll«, macht Heiko weiter. »Sie spricht wie eine echte Prinzessin und hat außerdem dieselben wunderschönen blonden Locken wie die Elbenkönigin Galadriel.« Er blickt träumerisch in die Luft, dann kommt ihm ein Gedanke. »Denkt ihr, sie würde Gandalfs Armee beitreten? Meine Kumpels und ich wollen in den Weihnachtsferien die große Schlacht um Mittelerde nachstellen, da würde Angelique bestimmt eine tolle Elbenkönigin –« Heiko hält plötzlich inne und sein Lächeln gefriert. Dabei fällt sein Blick auf das offene Fenster, vor dem Angelique und Pauline in Heikos Zimmer gucken. »A...A...Angelique. D...da bist du ja!«

»Hallo, Heiko! Also wirklich!«, schnauzt Angelique. »Ich denke nicht daran, deinem merkwürdigen Mittelalter-Verein beizutreten.«

»Es ist kein Mittelalterverein«, korrigiert Heiko und sieht zu, wie Angelique elegant durchs Fenster zu uns ins Zimmer steigt. »Sondern ein Fanklub.«

»Theaterverein, Fanklub, jährliche Hauptversammlung der weltweit größten Schwachköpfe, mir doch egal, wie ihr es nennt«, brummt Angelique. »Und warum bitte schön sollte ich denn den Französischkurs besuchen? Ich bin zur Hälfte Französin, ich beherrsche die Sprache bereits *très excellente*!«

Uff. Von einer Sekunde zur anderen hat sich Angelique wieder in das kratzbürstige, spitzzüngige Monster von früher verwandelt, das ich seit der ersten Klasse gehasst habe. Andererseits kann keiner von uns Heiko ausstehen, daher ist ihre ruppige Art diesmal wohl okay, denke ich. Und doch tut mir Heiko ein wenig leid. Auch wenn ich noch nie verliebt war, man kann förmlich sehen, wie sein Herz in zwei Teile bricht.

»Oh, stimmt ja.« Eine Weile steht Heiko einfach nur so da, doch dann fegt er sich wieder die Stirnfransen aus dem Gesicht und rückt eilig seinen Schreibtischstuhl zurecht. »Darf ich … dir vielleicht ein Glas Limonade anbieten, Angelique? Oder wie wäre es mit einem Stück Kuchen? Nimm Platz!«

»Ich denke, wir sollten besser abhauen«, wispere ich Ernst ins Ohr. Ich fühle mich unwohl, immerhin hat uns Heiko gerade eben erst dabei ertappt, wie wir durchs Fenster in sein Zimmer eingebrochen sind. Was, wenn er noch mehr Fragen stellt? Wir können von Glück reden, dass Heiko vor lauter Verknalltheit so abgelenkt ist, dass er vergessen hat, weiter nachzufragen.

»Hä? Abhauen? Aber warum das denn?«, flüstert Ernst und betrachtet aus dem Augenwinkel neugierig die Spielfiguren auf Heikos Kommode. »Während sich Blondie und der Vampirprinz beschnuppern, haben du, ich und Pauline endlich die Gelegenheit, uns hier in aller Ruhe umzusehen –«

Noch während Ernst spricht, ertönt ein lautes Poltern aus einer anderen Ecke der Wohnung. Auch Heiko scheint es zu hören, denn er zuckt augenblicklich zusammen.

»Mist! Das muss mein Vater sein!«, stößt er hervor und presst sich mit dem Rücken an die Tür. »Wenn der dahinterkommt, dass ich den Nachmittagsunterricht geschwänzt habe, bekomme ich Hausarrest! Und dann darf ich die anderen von Gandalfs Armee am Wochenende nicht treffen.« Eilig blickt er sich um. »Ich muss mich hier irgendwo verstecken. Und ihr müsst schleunigst verschwinden.«

Ernst hebt eine Augenbraue. »Was? Wir sollen abhauen? Wolltest du nicht eben Kuchen holen?«

Heiko gestikuliert wild zum Zimmerfenster, vor dem Pauline immer noch steht, dann schlüpft er in den Wandschrank und lässt die Tür einen Spaltbreit offen. »Nächstes Mal«, murmelt er, dann fällt die Schranktür zu.

»Heiko hat recht. Wir sollten weg hier«, beschließe ich und mache die Räuberleiter für Angelique, damit sie durchs Fenster nach draußen klettern kann. Im Anschluss ziehe ich mich mit Paulines Hilfe am Fensterbrett hoch, nur Ernst scheint neben Heikos Bett festgewachsen zu sein und macht keine Anstalten, sich zu bewegen.

Aus dem Flur hören wir Herrn Niemands dumpfe, schwere Schritte, die immer näher kommen. Wenn aus Heikos Zimmer auch nur das kleinste Geräusch dringen sollte, würde er bestimmt die Tür öffnen und uns hier entdecken. Und dann säßen wir in der Falle.

»Was ist los, Ernst? Kommst du?«, zische ich und strecke ihm meine Hand entgegen. Inzwischen bin ich felsenfest davon überzeugt, dass Herr Niemand nicht nur ein unschuldiger Hausmeister ist, sondern ein düsteres Geheimnis haben muss. Es passt einfach alles zusammen. Der Zeitungsartikel über den faltigen Eddie. Der teure Fernseher und die Konsole. Der Piratenhut. Selbst Heiko scheint Angst vor seinem eigenen Vater zu haben.

»Wir können noch nicht abhauen. Nicht ohne Beweise!«, flüstert Ernst zurück. Schnell wirft er einen prüfenden Blick in Richtung des Wandschranks, in dem sich Heiko versteckt hat, doch der ist schon von innen verschlossen. Dann angelt er nach dem Piratenhut und reicht ihn mir durchs Fenster. »So, und jetzt nichts wie weg. Bevor Niemand uns die Hölle heißmacht.«

Niemand lässt es krachen!

Der nächste Schultag bringt für uns alle eine Riesenüberraschung. Ganz besonders für die Jungs. Unsere Schule bekommt nämlich eine Lieferung. Noch vor der ersten Stunde fährt ein großer Lastwagen in die Schulauffahrt, aus dem zwei kräftige Männer eine große braune Box hieven, auf einen Rollwagen laden und schließlich in Richtung der Jungsklo-Baustelle befördern.

»Ich wette, das ist ein ausgestopfter Bär«, sagt Paul, beißt in sein Sandwich und sieht gerade dabei zu, wie die Lieferanten die riesige Box durch das Schulfoyer rollen. »Dann fehlen nur noch Holzscheite für ein Lagerfeuer, auf dem man sich Würstchen grillen kann, und fertig ist unser kanadisches Wildnis-Klo. Ich kann's kaum erwarten!«

Ernst verzieht das Gesicht. »Kanadisches Wildnis-Klo? Du spinnst wohl, Paul. Ich bin felsenfest davon überzeugt, dass wir ein transsilvanisches Grusel-Klo bekommen.«

»Wildnis-Klo!«, beharrt Paul.

»Grusel-Klo!«, entgegnet Ernst. »Bestimmt ist in der großen braunen Box … ein Sarg. Inklusive einer blutverschmierten Plastikleiche aus der Geisterbahn.«

»Irks«, macht Angelique und streckt die Zunge raus. »Wenn das wahr ist, setze ich keinen Fuß in euer neues Jungsklo.«

»Darfst du auch gar nicht«, lacht Paul schadenfroh. »Ich hab gehört, es gibt dort Eisentüren, die sind sauschwer und haben außerdem keine Türschnalle, die können Mädchen gar nicht öffnen, ohne sich alle ihre Fingernägel abzubrechen.«

»Haha, genau, Mann!« Ernst gibt seinem Kumpel einen freundschaftlichen Klaps auf die Schulter. Scheint, als hätten sie ihre kurze Fehde im Nu begraben und sich schon wieder gegen uns Mädchen verbündet. »Außerdem wird's unsichtbare Überwachungsmelder geben, die sich aktivieren, wenn sich ein Mädchen unerlaubt unserem heiligen Jungsklo nähert. Und dann fällt ein Fischernetz von der Decke, in dem ihr euch verheddert, haha!«

»So ist es, Kumpel! Aber vergiss nicht die indischen Giftschlangen«, witzelt Paul und zwinkert Ernst verschwörerisch zu.

»Indische Giftschlangen? Ach so, *die* indischen Giftschlangen!« Jetzt zwinkert Ernst geheimnisvoll zurück. »Das ist eine äußerst seltene Kobragattung, die darauf trainiert ist, nur Mädchen zu attackieren. Jeder Biss ist tödlich, das versteht sich von selbst.«

»Und falls eins von euch Mädchen es wider Erwarten doch aus dem Netz und an den Schlangen vorbei bis zu den Klos schafft, um eins davon zu benutzen, fallen Rasierapparate von der Decke, die eure schöne Haarpracht auf Millimeterlänge kürzen«, lacht Paul. »Game over! Ihr habt nicht die geringste Chance.«

»Ausgezeichnet, Bruder«, meint Ernst und verpasst Paul ein High five.

Ernst und Paul haben echt einen Knall, denke ich mir, während ich in Paulines und Angeliques Gesichter sehe. Pauline schürzt über so viel Unreife verärgert die Lippen, und Angelique hat abweisend die Arme verschränkt – offenbar finden die beiden diese Vorstellung genauso wenig komisch wie ich.

»Jungs, ihr könnt beruhigt sein«, versuche ich, die Wogen zu glätten. »Warum in aller Welt sollten wir Mädchen denn freiwillig eure neuen Grusel-Wildnis-oder-was-auch-immer-Klos benutzen wollen? Dazu bräuchte man ja eine Wäscheklammer auf der Nase.«

»Außerdem benutzen wir Mädchen keine Pissoirs«, ergänzt Pauline.

»Ach, stimmt ja«, lacht Ernst. »Mann, bin ich froh, dass ich kein Mädchen bin. Dann könnte ich nicht mehr gemütlich im Stehen pinkeln. Und müsste mich außerdem auf jede noch so eklige Autobahntoilette setzen. Oder davor mühsam den Toilettensitz mit Klopapier belegen –«

»Ein Flipperautomat! Leute, wir bekommen einen Flipperautomaten«, schreit plötzlich ein rothaariger Junge aus der Klasse über uns und stoppt Ernst mitten im Satz. »Auf der Baustelle haben sie eben die große Schachtel geöffnet.«

»Geil!« Paul und Ernst strahlen sich an. So wie ihre Augen leuchten, finden die beiden einen Flipperautomaten auf dem Klo noch toller als ihre eigenen schrägen Ideen. »Los, das Ding müssen wir uns ansehen! Was ist, Mädchen, kommt ihr mit?«

»Ich dachte, wir dürfen nicht aufs Jungsklo«, schmollt Pauline.

»Solange es noch nicht in Betrieb ist, dürft ihr ausnahmsweise reinspähen«, bietet Ernst großzügig an.

Angelique zögert einen Moment, doch dann kreuzen ihre Cousinen Jacqueline und Marie das Foyer, offenbar auch auf dem Weg zum Klo, und nehmen Angelique an der Hand. »Na fein, ein kurzer Blick kann ja nicht schaden. Chloé, Pauline, kommt ihr mit?«

»Nein danke«, beschließe ich trotzig. »Wir statten lieber Giovanni auf dem Mädchenklo einen Besuch ab.«

Ehe wir uns versehen, sind Paul, Ernst, Angelique und ihre Cousinen in Richtung der Baustelle verschwunden – genau wie so ziemlich jeder andere Schüler dieser Schule. Selbst ein paar neugierige Lehrer haben sich auf den Weg zum Jungsklo gemacht, um den neuen Flipperautomaten unter die Lupe zu nehmen.

»Ein Flipperautomat? Isch glaube, jetzt ist Ihnen dank Notburga von Sorgenfrey auch noch das letzte bisschen Verstand abhandengekommen, Herr Direktor«, ertönt in diesem Moment eine Stimme direkt aus dem Klassenzimmer neben uns. Im Foyer ist es inzwischen ganz ruhig, deshalb kann ich jedes Wort verstehen. Und nicht nur das, die Stimme kommt mir bekannt vor.

»Ist das etwa –«, wispert Pauline fragend und dreht sich um, um einen Blick in den Klassenraum zu werfen.

»Die rosarote Sumpfhexe«, flüstere ich zurück und rühre mich nicht vom Fleck. Was fällt der eigentlich ein, so mit unserem Direktor zu reden?

»Ich weiß, das war eine etwas teurere Investition«, murmelt Direktor Oberhäusl reuevoll.

»Teurer? Das sprengt das gesamte Schulbudget! Warum können Sie aus dem Jungsklo nischt eine stinknormale Toilette machen? Warum muss es unbedingt etwas Besonderes sein?«

»Aber das wäre ungerecht, Veronique. Die Mädchen haben auch ein wunderbares Schulklo.«

»Ein Schulklo mit Sofa, Kaugummiautomaten und Aquarium«, schimpft die Sumpfhexe. »Das ist die dümmste Idee, die isch jemals gehört habe. Wozu braucht man denn das? Eine Toilette ist doch ohnehin nur da, um –«

»Das ist Notburga von Sorgenfreys Philosophie«, fällt ihr Oberhäusl ins Wort. »Sie besagt, dass Schüler besser lernen und zufriedener sind, wenn sie sich auf dem Schulklo besonders wohlfühlen. Das ist wissenschaftlich erwiesen!«

»Wissenschaftlisch? Also das möchte isch gerne sehen«, schnaubt Angeliques Mutter. »Abgesehen davon wissen die Schüler hier das besondere Klo auch gar nischt zu schätzen.«

»Doch!«, bekräftigt Pauline leise in meine Richtung.

»Doch«, sagt jetzt auch Direktor Oberhäusl.

»Blödsinn!«, schnauzt Angeliques Mutter. »Wie können Sie es sisch sonst erklären, dass neulich jemand die Toilette verwüstet, Spiegel bekritzelt und einen Turnschuh im Aquarium versenkt hat? Offenbar wissen die Schüler gar nischt, was für ein Glück sie haben, wenn sie *so* mit ihrer Toilette umgehen. Besonders dieser Spaßvogel Ernst Fröhlich.«

»So eine blöde Gans!«, schnaufe ich, kurz davor, um die Ecke zu stürmen und der rosaroten Sumpfhexe mal so richtig die Meinung zu geigen. »Das war Ernst überhaupt nicht. Das war Niemand –«

»Schhhht, beruhige dich, Chloé.« Pauline nimmt mich an der Hand. »Lass uns weiter zuhören.«

»Bitte beruhigen Sie sich doch«, sagt jetzt auch der Direktor zu Angeliques Mutter. »Ich kann Ihnen und den anderen Elternvertretern versprechen, dass wir das Geld für den Flipperautomaten woanders einsparen werden.«

Angeliques Mutter schnaubt. »Und wo bitte schön? Wollen sie die Kreide rationieren? Oder ein paar Lehrer entlassen, damit die Schule täglich schon um zehn Uhr vormittags endet? *Mon Dieux!*«

»*Klasse* Idee!«, lacht Pauline begeistert in sich hinein.

Der Direktor scheint zu zögern. »Nun, wir könnten doch … die Klassenfahrt der sechsten Klassen streichen«, fällt ihm ein. »Wir hatten ja besprochen, dass die nächsten Frühling in den neuen *Actionpark* geht. Vielleicht könnten wir stattdessen einfach einen Wandertag machen?«

»Wir fahren … in den *Actionpark*? Echt jetzt?«, wispert Pauline aufgeregt. »Das … das ist ja noch besser als nach Hawaii.«

Da hat Pauline allerdings recht. Der *Actionpark* hat erst vor wenigen Monaten aufgemacht und ist mit Abstand der abgefahrenste Vergnügungs- und Freizeitpark weit und breit. Es gibt dort nicht nur unzählige Achterbahnen mit Loopings, sondern auch solche, bei denen die Waggons durch eine gläserne Röhre in ein Haifischbecken tauchen oder die Sitze integrierte Kopfhörer zum Musikhören haben. Ich hätte nie für möglich gehalten, dass Oberhäusl überhaupt darüber nachdenkt, mit uns dorthin zu fahren, so teuer, wie das mit Übernachtungen sein muss.

»Sie … Sie wollen den *Actionpark* streischen?«, ruft Angeliques Mutter entsetzt. »Sie wollen allen Ernstes eine Klassenfahrt streischen, nur um diese teure, unnötige … Bedürfnisanstalt weiterhin zu finanzieren? Sie haben wohl vergessen, dass ich jedes Jahr viel Geld für die Klassenfahrten spende und dieses Jahr sogar meine eigene Tochter mitfährt! Und nun spülen Sie das Geld lieber sprischwörtlisch das Klo runter?« Jetzt hören wir Absätze klackern. »Ihre Toilettenextravaganzen lassen wir Ihnen nicht länger durchgehen. Sie werden sisch noch wundern!«

»Oje, sie haut ab«, flüstere ich und ziehe Pauline hinter die nächste Säule. »Schnell weg hier, sonst sieht sie uns.«

Wir schaffen es gerade noch, uns vor Angeliques Mutter zu verstecken, als die unseren verdutzten Direktor alleine zurücklässt und aus der Klasse stürmt. Er tut mir richtig leid, und zum ersten Mal kommt mir der Gedanke, dass Direktor zu sein vermutlich kein so spaßiger Job ist, wie man denken könnte. Vor allem nicht, wenn man es mit der rosaroten Sumpfhexe zu tun bekommt.

»Shit, Chloé.« Pauline knabbert an ihren Lippen. »Heißt das, dass das Schulklo wieder zu einem normalen umgebaut werden muss? Und alles verschwindet, bis nur noch die Schüsseln und langweiligen Waschtische übrig bleiben? Das wäre eine Katastrophe!«

»Nichts da!«, antworte ich. »Solange Oberhäusl diese Schule leitet, kann uns nichts passieren. Das Mädchenklo bleibt so, wie es ist.«

Ich gebe zu, ganz so überzeugt davon, wie ich es Pauline gerade weismache, bin ich leider nicht. Die Gefahr, dass die Elternvertreter den Direktor irgendwann zwingen, uns Schüler nicht länger mit Gratiskaugummis, Duftseifen, Flipperautomaten und anderem Schnickschnack auf den Toiletten zu verwöhnen, besteht.

Aber daran will ich besser nicht denken.

Falls ihr dachtet, ein brandneuer, teurer Flipperautomat auf dem Jungsklo und ein Streit zwischen Direktor Oberhäusl und der Sumpfhexe wären die einzigen aufregenden Vorkommnisse des heutigen Tages gewesen, dann irrt ihr euch gewaltig. Der größte Knaller steht uns nämlich noch bevor.

»Knaller« – das meine ich übrigens im wörtlichen Sinn. Denn in der dritten Stunde, in der eigentlich Sport auf dem Programm steht, aber unser verhasster Englischdrache Frau Kümmel die kranke Sportlehrerin vertritt, ertönt wie aus dem Nichts ein so lautes Krachen, dass die Schulwände förmlich zittern. Sogar die Warze auf der Nase der Kümmel scheint ein klitzekleines bisschen zu wackeln.

Frau Kümmel fällt vor Schreck die Kreide auf den Boden. »Huch!«, macht sie und dreht ihren wuchtigen Körper zu uns um. »Wer von euch Mädchen war das?«

Wenn irgendetwas nicht stimmt, nimmt Frau Kümmel normalerweise immer nur die Jungs ins Visier, aber die sind heute gar nicht anwesend. Die Sondereinheit mit dem Englischdrachen müssen heute nur ich, Pauline und die zehn anderen Mädchen unserer Klasse ertragen – die Jungs haben wie geplant Sport, weil deren Sportlehrer nicht krank im Bett liegt.

»Sie denken, jemand von *uns* hat diesen Krach fabriziert?«, staune ich und sehe mich in der Klasse um.

»Na, wer denn sonst?« Dass Frau Kümmel mitten in der Englischstunde Deutsch spricht, ist ziemlich ungewöhnlich.

»Also wirklich, Miss Kümmel, it wasn't me«, entgegne ich cool. »Vielleicht war es ein verfrühter Silvesterkracher, der irgendwo im Schulhof losgegangen ist.«

»Im November?«, überlegt die Kümmel und runzelt die Stirn.

»Vielleicht ist ja auch der Getränkeautomat explodiert«, rät Melanie. »Der hat heute früh schon so komische Geräusche von sich gegeben.«

»Es klang viel eher nach einer Bombe!«, ruft Angelique aufgeregt. »Jemand will die Schule in die Luft sprengen.«

»Ganz ruhig jetzt. Es scheint ja nichts passiert zu sein, Angelika!«

»Ich heiße Angelique!«

Inzwischen sind einige Sekunden verstrichen und das laute Krachen von eben hat sich nicht mehr wiederholt.

Stattdessen hören wir aufgeregte Stimmen draußen im Flur. Einen Moment später reißt Direktor Oberhäusl die Tür zu unserer Klasse auf.

»Bleibt, wo ihr seid! Keiner rührt sich von der Stelle, verstanden?«, bellt er uns entgegen. So ernst habe ich ihn noch nie erlebt.

»Was ist denn hier los?«, fragt die Kümmel ihn verdutzt. »Wir haben eben diesen lauten Knall –«

»Ein erneuter Klovorfall«, keucht Oberhäusl. »Wie in der letzten Woche, nur schlimmer. Alle Toiletten sind verstopft, außerdem hat jemand die Wasserhähne der Waschbecken voll aufgedreht und den Abfluss blockiert. Und nun steht das ganze Mädchenklo unter Wasser.«

»Unter Wasser? Das ist ja furchtbar.« Selbst die sonst so ruhige Frau Kümmel wirkt entsetzt. »Und was war das eben für ein lautes Geräusch?«

»Ein Knallkörper«, stöhnt Direktor Oberhäusl und greift sich an die verschwitzte Stirn. »Der Übeltäter hat einen Silvesterkracher im Klo angezündet und damit die Porzellanschüssel gesprengt.«

»Das darf doch nicht wahr sein!«, ruft Frau Kümmel fassungslos. »Wir helfen natürlich!«

»Ja! Wir helfen Ihnen«, entgegnet auch Pauline, noch bevor Direktor Oberhäusl etwas sagen kann, und stürmt zur Tür.

Der Direktor stellt sich Pauline in den Weg. »Nicht notwendig, Kinder. Es ist zu gefährlich, überall liegen Porzellansplitter herum, außerdem ist Land unter. Aus der kaputten Toilettenschüssel spritzt eine riesige Wasserfontäne.«

»Das ist ja abgefahren«, murmelt Angelique.

»Krass«, sagt Melanie.

»Voll *abgekrasst*«, meint Katja.

Der Direktor nickt ernst. »In der Tat. Aber macht euch keine Sorgen, unser neuer Hausmeister ist schon dabei, das Chaos zu beseitigen.«

»Klar, dass der zur Stelle ist«, wispert Pauline in mein Ohr. »Wetten, dass *er* es war?«

»Aber es ist *unser* Mädchenklo«, protestiere ich. »Wir wollen helfen!«

Schließlich seufzt der Direktor und lässt sich überreden, uns zur Toilette mitzunehmen. Selbst der Drache Miss Kümmel folgt, weil er begriffen hat, dass wir alle viel zu aufgebracht sind, um mit dem Englischunterricht fortzufahren, als wäre nichts geschehen.

Als wir schließlich vor der Tür zur Toilette ankommen, wird mir klar, dass Direktor Oberhäusl nicht übertrieben hat. Im großen Vorraum des Mädchenklos schäumt es. Überall stehen Wasserpfützen mit Schaumkronen, die den Anschein erwecken, als wollte sich hier jemand ein Vollbad einlassen. Zwischen Waschbecken und Kabinen stehen Frau Hohl-Kopp, Herr Klaus und zwei andere Lehrerinnen, ausgerüstet mit Gummistiefeln, Wischmopps und

Eimern, die versuchen, die Pfützen vom Fliesenboden aufzuwischen. Außerdem entdecke ich Herrn Niemand, der in einer der Kabinen kauert und Herrn Klaus gerade eine kaputte Klobrille herausreicht.

»Das ist … eine Katastrophe«, jammert Pauline und macht durch die Wasserpfützen einige Schritte in den Vorraum des Klos. Das schöne rote Klosofa ist komplett durchnässt und die Streu in Giovannis Katzenklo hat sich zusammengeklumpt. Giovanni selbst ist auf die Fensterbank geflüchtet und sieht verängstigt dabei zu, wie die Lehrer das Chaos beseitigen.

»Woher kommt denn der ganze Schaum?«, wundere ich mich.

Herr Klaus gibt ein trauriges Lachen von sich. »Jemand hat die Flüssigseifen aus den Spendern in das überlaufende Wasser geleert! Außerdem wurde der Kaugummiautomat geplündert.« Herr Klaus wirft mir einen Schwamm zu. »Hier, Chloé, du kannst gleich mithelfen.«

Ich bin sprachlos. Seit der Eröffnung des Klos hat noch nie jemand auch nur gegen den Kaugummiautomaten getreten, geschweige denn etwas Schlimmeres mit der Mädchentoilette angestellt. Wir Schülerinnen gehen sehr respektvoll mit dem Klo um und würden es nie wagen, den anderen den Spaß am Kaugummiautomaten zu nehmen und den Vorrat zu stehlen. Wer auch immer das war, er schreckt offensichtlich vor nichts zurück.

»Und dann noch der Gestank«, jammert Angelique und hält sich die Nase zu. »Ich glaube, mir wird schon wieder übel.«

»Kein Wunder, dass es stinkt, wenn jemand absichtlich alle Klos verstopft hat«, überlegt Katja und macht einen Schritt in eine der Kabinen. »Ach du grünes bisschen, es ist wahr. Eine der Toiletten wurde tatsächlich in die Luft gesprengt.«

Anstatt über Katjas neueste Wortkreation zu schmunzeln, folgen wir ihr mit todernster Miene in die Klokabine und halten die Luft an. Es stimmt tatsächlich. Die zweite Toilette von hinten wurde komplett zerstört. Die halbe Porzellanschüssel steht zwar noch an Ort und Stelle, allerdings ist die andere Hälfte in mehrere große Teile zersplittert, außen herum liegt eine ganze Menge Schutt und Dreck auf dem Boden. Von der Fontäne ist allerdings nichts mehr zu sehen, offenbar haben die Lehrer bereits die Wasserleitungen stillgelegt.

»Weg von der Porzellanschüssel, Mädchen, sonst schneidet sich noch jemand an den riesigen Splittern«, brummt der Direktor und drängt sich an uns vorbei.

Herr Klaus hält für einen Moment inne. »Herr Direktor, haben Sie denn schon eine Ahnung, wer hier diesmal am Werk war?«

Der Direktor stemmt die Arme in die Hüften und betrachtet das Chaos. »Noch haben wir leider keinerlei Spuren gefunden, aber –«

»Ich denke, das ist ein Fall für die Polizei«, unterbricht ihn Frau Kümmel. »Wir sollten die Schule sperren. Und zwar so lange, bis der Übeltäter gefasst ist.«

Alles um mich herum beginnt, begeistert zu jubeln, Melanie und Katja hüpfen sogar vor Freude auf und ab. Kein Wunder, so eine fantastische Idee hätte der sonst so miesepetrigen Kümmel niemand zugetraut. In der Lehrer-Beliebtheitsskala der 6a ist sie jedenfalls gerade rasant gestiegen.

»Sie sagen es, Frau Kümmel! Machen wir doch einfach verfrüht Weihnachtsferien«, schlägt Katja vor. »Ach, und keine Sorge, Herr Direktor, wir verraten unseren Eltern natürlich nichts. Wir gehen einfach jeden Tag um acht Uhr morgens aus dem Haus, vertreiben uns die Zeit im Einkaufszentrum und spazieren nachmittags zurück nach Hause.« Sie zwinkert ihm verschwörerisch zu. »Niemand wird es je erfahren.«

»Das würde dir gefallen.« Oberhäusl gibt ein Brummen von sich. Wie es aussieht, scheint ihm Katjas Idee nicht besonders zuzusagen. »Außerdem sind es noch ganze vier Wochen bis Weihnachten.«

Katja zuckt mit den Schultern. »Na und? Wir sind jetzt schon mehr als reif. Der Herbst war echt hart für uns.«

»Also, da kann ich nur beipflichten«, murmelt Herr Klaus. Jede Wette, dass er Ernsts fiese Aktion mit dem Toupet-Raub neulich immer noch nicht ganz verdaut hat. Wäre er nicht Mathelehrer, könnte er mir fast leidtun. »Die 6a raubt mir dieses Schuljahr wirklich den letzten Nerv.«

»Sehen Sie?«, ruft Katja.

Direktor Oberhäusl lächelt hintergründig. »Na fein, okay, einverstanden«, verkündet er und streckt ihr seine Hand zum Einschlagen entgegen. »Schließen wir einfach die Schule. Nur müssten wir dann die verlorenen vier Wochen im Sommer nachholen.«

Katja reißt die Augen auf. »Nein! Ähm … na gut. Doch keine verfrühten Ferien.«

»Vielleicht brauchen wir gar keine Ferien, Herr Direktor! Und auch keine Polizei«, mischt sich Herr Niemand ein. Mit seinen schweren schwarzen Stiefeln schiebt er sich vor den Direktor. In seiner linken Hand hält er einen roten Pümpel und in der rechten ein triefend nasses Stück Papier. »Sehen Sie mal, was ich soeben aus einem der Klos gefischt habe. Sieht ganz so aus, als hätte jemand absichtlich einen ganzen Stapel Zettel ins Rohr gesteckt und so alles hier verstopft.«

Direktor Oberhäusl nimmt das durchgeweichte Blatt Papier entgegen, faltet es mit spitzen Fingern vorsichtig auseinander, schiebt die Brille auf seine Nase und studiert es. »Das sind Seiten aus einem Comicheft. Einem japanischen Comicheft. Was steht denn da? Manga-Zombie-Apokalypse?« Etwas in Herrn Direktor Oberhäusls Blick gefällt mir plötzlich nicht mehr. Ich sehe, wie seine Nasenflügel aufgeregt zu flattern beginnen. »Sind das nicht die Comics, die Ernst so gerne liest, dass er schon mal einen Aufsatz darüber verfasst hat?«

Oh, oh. Ich rieche Ärger. »Sie denken, Ernst war es? Aber Ernst hat nichts damit zu tun, Herr Direktor«, stammle ich hilflos.

»Ach ja? Und wie sind dann ausgerechnet Ernsts Lieblings-Manga-Comics in den Abfluss gewandert, Chloé?«, bohrt der Direktor nach. Von dem freundlichen Schulleiter, den wir so gern mögen, ist plötzlich nichts mehr übrig. »Du musst zugeben, dass bei zwei Toilettenverwüstungen hintereinander der Verdacht ausgerechnet zweimal auf Ernst fällt, ist schon ziemlich seltsam, nicht wahr?«

»Das ist … wirklich nichts weiter als ein dummer Zufall. Viele Kinder hier in der Schule lesen japanische Zombie-Comics … denke ich«, flunkere ich, beiße mir auf die Lippe und betrachte die verräterische Comicbuchseite in der Hand des Direktors. »Oder vielleicht hat das Klo-Phantom auch eine Ausgabe aus Ernsts Rucksack geklaut und will ihm nun das zweite Klo-Fiasko unterjubeln!«

Leute, ich weiß, was ihr jetzt denkt. Zombie-Apokalypse-Comics! Das schreit geradezu nach Ernst Fröhlich! Aber ich weiß, dass Ernst es nicht gewesen sein kann. Immerhin ist er mein bester Freund und würde mich nie belügen. Na gut, bis auf das eine Mal, als er die Sache mit seiner Tante Helga vorgeschwindelt hat. Aber das war doch nur, um mir die Überraschungsparty nicht zu verderben.

Nein. Ich bin sicher, dass Ernst unschuldig ist. Deshalb muss ich alles geben, um den Direktor davon zu überzeugen – sonst sitzt mein ältester Freund mächtig in der Tinte.

»Ein dummer Zufall?«, mischt sich Frau Kümmel ins Gespräch ein, bevor ich mehr sagen kann. »Nichts da! Mir war schon von Anfang an klar, dass dieser Fröhlich hinter dem Spuk auf der Toilette steckt. Dieses … diabolische Grinsen jedes Mal im Unterricht … und dann auch noch diese frechen Sprüche auf seinen T-Shirts. Wie oft habe ich schon gepredigt, dass Schuluniformen eine gute Idee wären?«

»Schuluniformen?«, wiederhole ich schockiert. Die Kümmel hat echt ein Rad ab. Gerade eben ist sie in der Beliebtheitsskala der 6a wieder zurück nach unten gerasselt.

»Jawohl. Schuluniformen«, schnauzt Frau Kümmel und wackelt mit ihrer Warzennase. »Und am besten besorgen Sie für die Lehrer auch gleich welche, Herr Direktor. Dann spart man sich morgens die Entscheidung, welche Kleidung zu tragen ist.«

»Glaube kaum, dass es Uniformen in Frau Kümmels Größe gibt«, flüstert mir Katja ins Ohr.

»Frau Kümmel, ich finde es wunderbar, dass Sie so viele Ideen haben, aber ich fürchte, für Schuluniformen fehlt uns das Geld«, seufzt der Direktor.

»Zu schade! Denn in Schuluniformen würde selbst ein Junge wie Ernst Fröhlich anständig aussehen«, lästert die Kümmel ungehindert weiter und schürzt die Lippen. »Wenn *ich* hier das Zepter schwingen würde, hätte ich diesen Kerl ohnehin längst von der Schule verwiesen, um ihm zu zeigen, wo der Hammer hängt. Sonst … landet er womöglich irgendwann in der Jugendvollzugsanstalt.«

»Bei Ihnen piept's wohl!«, ruft Pauline aufgebracht und funkelt Frau Kümmel wütend an. »Im Gefängnis? Ernst ist doch kein Verbrecher! Das ist Rufschädigung.«

»Das reicht!«, bremst der Direktor den Streit. »Pauline, wenn du noch mal so mit einer Lehrerin sprichst, sitzt du genauso tief in der Tinte wie Ernst.«

»Sorry, Herr Direktor.«

»Und Sie, Frau Kümmel, sollten Ernst nicht anschwärzen, solange seine Schuld nicht bewiesen ist! Wie heißt es bei Gericht? Im Zweifel für den Angeklagten.« Oberhäusl stapft an uns vorbei in den Schulkorridor. »Und den werde ich mir gleich mal aus dem Sportunterricht holen.«

EnzyKLOpädie

Kloweisheit #11:

Lust auf ein bisschen Toilettengeschichte? Kennt ihr Schloss Versailles in Frankreich? Dieses riiiiesige Schloss, das früher vielen französischen Herrschern als Wohnsitz gedient hat? Dieses Anwesen besaß früher sage und schreibe 2.000 Zimmer – aber nur eine einzige Toilette!

Der YouTube-Fake

Ich hätte es nie für möglich gehalten, Leute, aber es ist wahr: Ernst Fröhlich tut mir wirklich, wirklich leid. Und ja, ich weiß, er ist zwar ein rotzfreches Großmaul, eine ewige Nervensäge und ein unverbesserlicher Frechdachs, dazu noch selbstverliebt und eingebildet, aber dass er nun Ärger bekommt für ein Verbrechen, das er gar nicht begangen hat, hat er nicht verdient.

Zu gerne hätte ich Ernst gleich nach der Schule angerufen, aber leider ging das nicht. Als ich gestern heimgekommen bin, ist zu Hause eine ganze Menge los gewesen. Tante Trude hat uns einen Überraschungsbesuch abgestattet. Tante Trude ist nicht gerade meine Lieblingstante, vielleicht könnt ihr euch noch erinnern, wie ich erzählt habe, dass sie immer aussieht wie ein schwer behängter Weihnachtsbaum.

Und auch gestern Nachmittag erschien Tante Trude angemalt wie ein exotischer Vogel, hat in unserem Wohnzimmer fast eine ganze Packung stinkender Zigaretten geraucht und mir ein scheußliches Parfum geschenkt, das so sehr gemieft hat, dass ich es noch nicht mal an Angelique weiterverschenken konnte, sondern ohne Umschweife ins Klo geleert habe. Und als Mama dann noch angeboten hat, dass Mika und ich Tante Trude in den Winterferien für eine Woche besuchen, konnte ich mich nicht länger um Ernst sorgen – sondern musste alles daransetzen, Mama von ihrer Idee abzubringen … Für eine ganze Woche! Das wäre ja schlimmer, als eine Woche lang Schule zu haben! In etwa so schlimm wie eine Schulwoche, in der wir jeden Tag nur Matheunterricht bei Herrn Klaus haben.

Nein, die Winterferien können gerne ohne Tante Trude, den geschminkten und zigarettenqualmenden Weihnachtsbaum, stattfinden. Lieber treffe ich mich täglich mit Pauline, Katja, Melanie und meinetwegen sogar Angelique. Ernst hat außerdem ein paar spezielle Weihnachtsstreich-

Aktionen für seinen YouTube-Kanal geplant, bei denen er dringend meine Hilfe braucht. Er möchte Lebkuchen mit scharfer Tabascosauce füllen und Fischöl in die Duftkerzen seiner Eltern gießen. Ich glaube, Ernsts Mama tut mir jetzt schon leid.

Als ich Ernst heute Morgen schließlich vor der ersten Stunde suchen will, um ihn nach dem gestrigen Gespräch mit dem Direktor zu fragen, begegnet mir Pauline. Als sie mich in der Schulgarderobe entdeckt, springt sie auf und stürmt auf mich zu. Es sieht so aus, als hätte sie auf mich gewartet.

»Chloé! Na endlich! Angelique und ich haben dich gestern bestimmt zwanzig Mal auf deinem Handy angerufen«, ruft sie und packt mich aufgeregt an den Schultern. »Warum hast du denn nicht abgehoben?«

»Ähm … meine Tante war zu Besuch. Die ist eine alte Hexe und wirklich furchtbar, wie die Kümmel, nur ohne Warze, dafür mit der doppelten Portion Schminke im Gesicht. Um ein Haar hätten mich meine Eltern eine Woche lang zu ihr in die Großstadt verfrachtet. Ich konnte es gerade noch verhindern.« Erschrocken breche ich ab und starre Pauline an. Ihre Augen sind ganz gerötet, als hätte sie geheult. Ich vermute Schlimmes.

»Was ist denn passiert, Pauline?«, wechsle ich das Thema. »Hat sich Angelique doch wieder über dich lustig gemacht? Oder dir das Frühstück ins Gesicht geklatscht?«

»Etwas viel Schlimmeres«, jammert Pauline und sieht aus, als würde sie jeden Moment erneut in Tränen ausbrechen. »Es geht um Ernst. Chloé, er hat tatsächlich das Klo-Fiasko verübt. *Er* war es. Und er hat uns die ganze Zeit belogen.« Sie schnieft. »Ach, Chloé, vielleicht ist er doch nicht so ein toller Traumprinz, wie ich immer dachte.«

»Was?« Ich kann nicht glauben, was ich da höre. »Aber wie kommst du denn darauf? Ernst würde doch nie –«

»Doch, würde er«, winselt Pauline, nimmt die Brille ab und wischt sich ein paar klitzekleine Tränen aus den Augen. Dann holt sie ihr Handy aus dem Schulrucksack und hält es mir entgegen. »Du musst bloß ins Internet gehen und Ernsts YouTube-Kanal aufrufen. Oh Mist, meine mobile Verbindung ist ja Schrott. Lass uns Angelique suchen, die hat das neue iPhone und kann dir das Video zeigen.«

Bevor ich fragen kann, von welchem Video Pauline spricht, nimmt sie mich an der Hand und führt mich hinaus in den Schulhof, in die Nähe der Mobiltoiletten der Jungs, wo wir Angelique treffen. Sie trägt eine dicke rosa Winterjacke mit bestickten Einhörnern, lehnt an der Schulmauer und hält ihren Cousinen gerade das iPhone entgegen. Alle drei starren wie gebannt auf den Bildschirm und mich überkommt der Verdacht, dass hier gerade das besagte Video läuft.

»Chloé!« Als Angelique mich sieht, lässt sie das Handy sinken und stürmt durch den Schnee auf mich zu. »Ist das nicht oberkrass mit Ernst? Ich hätte nie gedacht, dass er wirklich zu so etwas fähig wäre.«

Das ist ja schräg, Leute. Sind hier tatsächlich *alle* davon überzeugt, dass mein bester Kumpel Ernst für das Klo-Fiasko verantwortlich ist? Und um welches Video geht es denn hier? Mich beschleicht der Verdacht, dass ich vielleicht doch gestern einen kurzen Blick auf mein Handy hätte werfen sollen. Aber wer hätte denn auch ahnen können, dass gleich die ganze Welt untergeht, wenn einmal Tante Trude zu Besuch ist?

»Jetzt mal langsam«, bremse ich Angelique. »Vielleicht ist das alles ein großes Missverständnis?«

»Missverständnis?«, ruft Angelique fast hysterisch. Ihr Blick wandert zu Pauline. »Soll das etwa heißen … sie hat das Video noch nicht gesehen?«

Pauline schüttelt stumm den Kopf.

Angelique sieht aus, als traue sie ihren Ohren nicht. »Aber wie kann das sein? Jeder hat es gesehen! Mein Nachbar hat es gesehen! Sogar mein *Postbote*! Chloé, hast du denn seit gestern unter einem Stein gelebt?«

»Jetzt zeig schon her.« Ohne abzuwarten, ziehe ich Angelique ihr supermodernes iPhone aus der Hand und werfe einen Blick auf das Video, das soeben wiedergegeben wird. Ich kann zwar nicht erkennen, wer sich hinter der Kamera befindet, aber ich kann eindeutig erkennen, welcher Ort hier zu sehen ist: und zwar unser Mädchenklo.

»Wer … wer hat das gefilmt?«, frage ich, drücke auf Pause und sehe ratlos zu Pauline.

»Schau weiter«, sagt sie nur mit versteinerter Miene.

Das tue ich. Währenddessen fällt mir schnell auf, dass das Video von keinem Geringeren als dem Klo-Phantom selbst gefilmt worden sein muss. Denn ich sehe, wie eine Hand zuerst die Wasserhähne aufdreht, den Überlauf abklebt, die Duftseifen verschüttet und so die Überschwemmung anrichtet. Anschließend hebelt die Hand mit einem Brecheisen den Kaugummiautomaten auf und stiehlt den ganzen Kaugummi-Vorrat. Und schließlich werde ich sogar Zeuge, wie die Hand einen Silvesterkracher in die Kloschüssel wirft und ein ohrenbetäubender Knall ertönt.

Es ist der Knall, den wir im Englischunterricht gehört haben.

»Das ist … das Video vom Klo-Fiasko«, murmle ich, als der Bildschirm auf Angeliques Handy schließlich schwarz wird. »Aber warum in aller Welt denkt ihr beide denn, dass Ernst das gefilmt hat? Auf dem Video ist nichts weiter als eine Hand zu erkennen. Und selbst die ist ziemlich verpixelt und verwackelt.«

»Ganz einfach«, erklärt Angelique. »Weil es unter seinem Namen gepostet wurde. Hier, sieh dir mal den Usernamen darunter an: Ernst Fröhlich.« Sie lacht auf. »Ich glaub nicht, dass es so viele Menschen mit diesem abgedrehten Namen gibt, oder?«

Ich schnappe mir wieder ihr Handy, klicke auf das Benutzerprofil und sehe, dass sie recht hat. Das Video wurde tatsächlich von einem Account namens Ernst Fröhlich gepostet. »Aber es … es muss ein Fehler sein. Ich kann einfach nicht glauben, dass –«

Marie, Angeliques Cousine, drängt sich zwischen uns und schüttelt den Kopf. »Es ist kein Fehler. Und glaub uns ruhig. Der Direktor glaubt es auch. Deshalb hat er Ernst gestern Abend zu Hause besucht und für die nächsten Wochen von der Schule suspendiert. Angeblich ist seine Mutter explodiert und hat ihm Hausarrest, Handyverbot und Internetverbot erteilt. Schlimmer als im Knast!«

Jacqueline nickt. »Echt übel. Ich möchte jetzt nicht in Ernsts Haut stecken.«

»Also *ich* wusste es immer«, verkündet Angelique und verschränkt die Arme vor der Brust. »Ernst Fröhlich ist ein Verbrecher! Kein Wunder, jemand, der mich Terror-Tussi oder Oberzicke nennt, *muss* einen Sprung in der Schüssel haben. Ich meine, hallo? Ich und Zicke? Ich bin ja wohl das friedfertigste Wesen auf Erden.«

»Außer wenn dein Papa dich nicht rechtzeitig von der Schule abholt«, sagt Jacqueline.

»Ja, okay, dann kann ich ein bisschen zickig werden. Aber sonst bin ich doch echt nett.«

»Oder neulich, als dein Lieblingslipgloss ausgetrocknet ist«, versucht es Marie.

Angelique rollt mit den Augen. »Na fein …«

»Und wenn deine Glücks-Unterhosen mit den Einhörnern in der Wäsche sind«, pflichtet eine Stimme bei, die hinter den Mobiltoiletten hervorzukommen scheint.

Angelique reißt die Augen auf und macht ein paar Schritte auf die Toiletten zu. »Was? Wer war das? Woher weißt du denn von meinen Einhorn-Unterhosen –«

»Ich war das.« Ernst tritt hinter den Klos hervor und grinst.

»Ernst?« Vor Schreck rutscht mir beinahe das Herz in die Hose. »Sag mal, was tust du hier? Wurdest du nicht suspendiert? Und hast Hausarrest? Und warum zum Teufel hast du das Klo-Fiasko –«

Bevor ich weitersprechen kann, läuft Ernst auf mich zu und hält mir die Hand vor den Mund. »Schhht. Geht's vielleicht etwas leiser, Chloé? Da können wir ja gleich auf die Klowand schreiben, dass ich zurückgekehrt bin.«

»Lass mich sofort los!« Gewaltsam befreie ich mich aus Ernsts Griff, stoße ihn von mir weg und funkle ihn wütend an. »Und jetzt entschuldige dich gefälligst, wenn du willst, dass ich noch einmal ein Wort mit dir rede!«

»Okay, fein, Entschuldigung«, murmelt Ernst und schleicht zurück in die dunkle Ecke zwischen Schulmauer und Mobiltoiletten, wo ihn die vorbeigehenden Lehrer nicht entdecken können. »Ich wollte euch nicht erschrecken, ehrlich.«

»Nicht dafür sollst du dich entschuldigen!«, fahre ich ihn an. »Sondern dafür, dass du unser schönes Mädchenklo verwüstet hast!«

»Und noch die Unverschämtheit besitzt, das Video ins Internet zu stellen, bloß um ein paar läppische Klicks zu bekommen«, ergänzt Pauline zornig. »Dir ist wohl gar nichts heilig, oder, Ernst Fröhlich?«

»Woah, woah, woah … jetzt mal halblang, Freunde.« Ernst nimmt seine Kappe ab. »Ihr denkt ernsthaft, *ich* war das? Ich hätte das Video gefilmt und ins Internet gestellt?«

Angelique hebt eine Augenbraue. »Siehst du hier irgendwo noch einen Ernst Fröhlich, der auf unsere Schule geht und mit Kameras umgehen kann?«

»Mann, Leute!« Ernst fasst sich an den Kopf. »Wer von euch hat eigentlich schon jemals einen Blick auf meinen YouTube-Kanal geworfen, hm? Angelique, du vielleicht? Oder du, Pauline?«

»Na klar!«, erwidert Pauline. »Ich gehe täglich online und gucke, was es bei *Der Ernst des Lebens* Neues gibt.« Sie hält inne und runzelt die Stirn.

»Moment mal. Dein Internet-Benutzername ist doch ›Der Ernst des Lebens‹. Und nicht einfach ›Ernst Fröhlich‹.«

»Erraten«, bestätigt Ernst. »Ehrlich gesagt, finde ich meinen Namen ziemlich doof. Ich hätte lieber einen viel cooleren Namen. Wie Rocky Balboa. Oder irgendetwas richtig Lustiges. Wie Kurt Schluss. Jim Panse. Max Imal. Oder Bud Weiser.« Er kichert. »Was ich damit sagen will – ich würde doch nie meinen echten Namen im Internet öffentlich machen. Da könnte ich mich ja im echten Leben vor Fans kaum noch retten.«

»Das hättest du wohl gern«, brummt Angelique böse.

»Aber wer war es dann?«, will ich wissen.

Ernst zuckt mit den Schultern. »Jemand, der schlicht und einfach einen YouTube-Account mit meinem Namen angelegt hat. Das kann jeder gewesen sein. Jeder, der mit einem Computer umgehen kann und mir die Schuld in die Schuhe schieben möchte.«

»Hast du das denn dem Direktor gesagt?«, erkundigt sich Pauline.

Ernst tippt sich an die Stirn. »Geht's noch? Leute, ich darf mitten im November Ferien machen, denkt ihr wirklich, ich verderbe mir den Spaß und beichte Oberhäusl, dass ich nichts damit zu tun habe?«

Der gute alte Ernst. Und ich hatte fast schon gedacht, er säße traurig zu Hause und würde die Schule vermissen. Pustekuchen!

Angelique runzelt die Stirn. »Willst du denn nicht, dass dein guter Ruf wiederhergestellt wird?«

Ernst räuspert sich. »Welcher gute Ruf denn?«

»Auch wieder wahr.« Angelique schmunzelt. »Trotzdem. Wenn du in diesem Leben noch irgendwann deinen Schulabschluss machen möchtest, sollten wir den wahren Übeltäter finden. Was uns zurück zu Herrn Niemand und seinem Sohn bringt.«

»Könnte er es erneut gewesen sein?«, will Pauline wissen.

»Natürlich«, antworte ich überzeugt. »Und wir müssen das herausfinden. Dazu brauchen wir handfeste Beweise. Und zwar pronto!«

»Prima Idee, Leute. Aber jetzt muss ich los.« Ernst winkt uns zu und schwingt ein Bein über die schneebedeckte Schulmauer. »Ich mache mich auf ins Bett, bin hundemüde und will noch ein paar Stunden pennen, während ihr die Schulbank drückt. Ich hab nämlich die ganze Nacht einen ultraspannenden Horrorroman gelesen, weil meine Eltern vergessen haben, mir Bücherverbot zu erteilen.« Er zwinkert uns zu. »Ach, ich freue mich schon auf einen hausaufgabenfreien Nachmittag.«

Als Ernst weg ist und es schließlich zur ersten Stunde läutet, bin ich fest entschlossen. Ich weiß, was wir tun müssen. Wir müssen beweisen, dass Hans Niemand ein gesuchter Verbrecher ist. Und mithilfe seines Sohns, dieses Heikomirs, unser Mädchenklo verwüstet hat. Damit Ernst schleunigst wieder zurück in die Schule kommen kann. Nicht, weil wir ihn vermissen! Na ja, ein bisschen vielleicht, Pauline womöglich sogar ein bisschen mehr. Aber wochenlanger Sonderurlaub von der Schule ohne Hausaufgaben, dafür mit langem Ausschlafen, als Bestrafung?

Pah! *Das* könnte dem so passen!

Angeliques Verfolger

Am nächsten Schultag sind wir toporganisiert. Wir haben uns in zwei Gruppen aufgeteilt, die Herrn Niemand im Schulhaus den ganzen Tag lang überwachen werden, um zu beobachten, ob er etwas Verdächtiges anstellt. Gruppe eins besteht aus mir, Pauline und Angelique, Gruppe zwei aus Katja und Melanie. Nach Ernsts Schulverweis haben die beiden beschlossen, uns zu helfen – auch wenn sie immer noch davon überzeugt sind, dass Herr Niemand und sein Sohn nichts mit den Klo-Fiaskos zu tun haben.

Wir haben sogar Protokolle erstellt. Abhängig von unseren verschiedenen Wahlfächern und den Freistunden hat jede von uns ein Blatt Papier bekommen, auf dem wir eintragen, wo wir Herrn Niemand zuletzt gesehen haben und was er da gemacht hat. Da soll noch mal einer sagen, Ernst wäre der Einzige, der einen guten Detektiv abgibt!

»So, da wären unsere Überwachungsprotokolle«, sagt Melanie während der Frühstückspause. »Wir haben ihn ab acht Uhr heimlich überwacht.«

»Und? Was ist euch aufgefallen?«, will ich wissen.

Melanie seufzt. »Nichts Besonderes. Er ist zwei Minuten zu spät zum Dienst erschienen.«

»Ha!« Ich klatsche in die Hände. »Das ist doch schon mal was, Leute. Wenn Herr Oberhauser das spitzkriegt, dann –«

Katja rollt mit den Augen. »Mann, Chloé, niemand wandert in den Knast, bloß weil er zwei Minuten zu spät zur Arbeit kommt. Das ist absolut *normalgewöhnlich.*«

»Na gut«, gebe ich mich geschlagen und lasse den Kopf hängen. »Aber wir sollten das im Auge behalten. Und was ist danach passiert?«

Melanie blickt auf ihr Protokoll. »Von 8:02 Uhr bis 9:05 hat er jedenfalls den Turnsaal gebohnert. Wir haben uns hinter den Sandsäcken versteckt und ihn dabei beobachtet.«

»Das war vielleicht *fadweilig*«, jammert Katja und verdreht die Augen. »Dagegen ist Matheunterricht der reinste Actionfilm.«

»Danach hat er eine Zigarettenpause eingelegt«, erzählt Melanie weiter. »Von acht Minuten und zehn Sekunden.«

Katja wirft einen Blick auf die große Schuluhr im Flur. »Ich kann nicht fassen, dass wir deshalb heute extra früh aufgestanden sind, obwohl wir erst ab der *dritten* Stunde Unterricht gehabt hätten.«

»Gute Spionage braucht eben seine Zeit«, erkläre ich und klinge dabei ein bisschen wie Ernst. »In den Filmen parken die Cops ja auch oft eine ganze Nacht lang vor verdächtigen Häusern. Und meistens zeigt sich der vermeintliche Täter erst am Morgen, wenn die Polizisten bereits eingeschlafen sind. Also habt ein wenig Geduld.«

»Geduld ist nicht gerade meine Stärke.« Katja drückt mir genervt ihr Protokoll in die Hände. »Was bin ich froh, dass jetzt Bio auf dem Stundenplan steht. Da guck ich mir lieber Herbert, unser Schulskelett an, bevor ich noch weiter diesen unheimlichen Niemand beobachten muss.«

Da Pauline, Angelique und ich dieses Halbjahr kein Bio gewählt haben (ehrlich gesagt, war niemand von uns heiß darauf, Frösche zu sezieren), bleibt uns nach der Frühstückspause nun genügend Zeit, um Melanies und Katjas Beobachtungen weiterzuführen. Eigentlich sollen wir uns in den Freistunden möglichst ruhig an unsere Hausaufgaben setzen, aber da uns niemand überwacht, war es einfach, aus dem Klassenraum zu schleichen, um den Hausmeister zu suchen.

»Wo könnte er sein?«, flüstert Pauline, als wir leise durch die Gänge schleichen. »Katja sagt, sie hat ihn das letzte Mal im Schulhof beim Rauchen gesehen. Das war allerdings schon vor fast über fünfzehn Minuten.«

Angelique denkt angestrengt nach. »Los, Leute, wir versuchen es im Musikraum.«

Ich verstehe nicht ganz. »Hä? Was sollte Niemand denn da wollen? Etwa Blockflöte üben?«

»Der Musikraum liegt doch im Dachgeschoss, Chloé«, hilft mir Angelique auf die Sprünge. »Von dort aus kann man nicht nur den Schulhof, sondern die halbe Stadt überblicken. Die Aussicht ist phänomenal.«

Hm. Ich gebe zu, ich habe Angelique unterschätzt. Die Idee mit dem Beobachtungsposten im Musikraum erweist sich tatsächlich als genial. Denn zum einen ist der Raum gerade leer, zum anderen entdecken wir von dort oben sofort Herrn Niemand. Er befindet sich immer noch im Schulhof, allerdings steht er nicht mehr in der Raucherecke, sondern trägt soeben zwei große Müllsäcke zu den Mülltonnen.

»Ha, Volltreffer!«, sagt Pauline zufrieden. »Chloé, notier mal die Uhrzeit im Protokoll. 9:32 Uhr, Niemand bringt den Müll raus.« Eine Weile schweigt sie. »Und jetzt 9:33 Uhr, Niemand unterhält sich mit merkwürdigen, schwarz gekleideten Typen über den Schulzaun.«

»Was? Wo? Lasst mal sehen!« Aufgeregt lasse ich das Protokoll fallen und stürme ans Fenster. Pauline hat recht. Ich kann sehen, dass sich Herr Niemand mit drei Männern unterhält, die ich noch nie zuvor gesehen habe. Wobei – unterhalten ist nicht ganz das richtige Wort. Es sieht

vielmehr so aus, als gäbe es hier gleich einen handfesten Streit. Ich kann zwar nichts hören, aber ich sehe, wie Niemand den Männern mit der Faust droht.

»Heiliges Kanonenrohr! Ich wette, das sind seine Bandenbrüder«, rufe ich voller Aufregung.

»Oder womöglich eine verfeindete Gang«, rät Angelique. »Jedenfalls sehen die Kerle in Schwarz äußerst gefährlich aus. Allein schon die Tatsache, dass Niemand sie kennt, bedeutet nichts Gutes.«

Während der nächsten fünf Minuten machen wir uns weiter aufmerksam Notizen und versuchen, an der Mimik der Männer abzulesen, was gesprochen wird, bis Herr Niemand schließlich ein Handy zückt und jemanden anruft. In diesem Augenblick nehmen die fremden Männer die Beine in die Hand und laufen davon.

»Wen er wohl angerufen hat?«, überlegt Pauline.

»Bestimmt hat er Verstärkung angefordert, um den Kerlen eins überzubraten«, kombiniert Angelique.

»Und jetzt läuft Niemand den Typen auch noch nach!«, stelle ich fest und sehe entsetzt dabei zu, wie Niemand Richtung Schultor hechtet, auf der Straße die Verfolgung aufnimmt und bald aus unserem Blickfeld verschwindet. »Er läuft nach Westen, zum Marktplatz. Schnell, wir müssen nach draußen zum Fenster auf dem Flur, von da können wir ihn weiterbeobachten.«

Gesagt, getan. Kurzerhand ziehen wir die Tür auf, um

unseren Beobachtungsposten zu verlegen, da steht plötzlich Heikomir vor uns. Vor Schreck hätte ich fast laut aufgeschrien.

»Ach, da seid ihr ja«, stellt er trocken fest und fegt sich die dunklen Fransen aus der Stirn. Aber Pauline und mich würdigt er keines Blickes, er hat nur Augen für Angelique. »Ich habe euch schon überall gesucht. Was tut ihr hier?«

»Wir …«, setze ich an, ohne zu wissen, was ich eigentlich sagen will. Oje, oje. Was zum Geier soll ich Heikomir denn nun sagen? Dass wir uns hier oben verkrochen haben, um seinen Vater auszuspionieren, der ohne Zweifel ein gesuchter Geldautomatenräuber ist? Oder vielleicht, dass wir ihn gerade auf frischer Tat ertappt haben, wie er um ein Haar eine Prügelei mit ein paar zwielichtigen Kerlen angezettelt hätte?

»Wir haben die Freistunde genutzt, um … zu proben«, rettet mich Angelique. »Für ein Theaterstück.«

»Äh, genau«, macht Pauline jetzt mit. »Wir spielen nämlich in unserer Freizeit auch Filme nach. Genau wie ihr, bei Dumbledores Armee.«

»Gandalfs Armee«, korrigiert Heikomir. »Warum verwechseln denn alle ständig Gandalf und Dumbledore? Die beiden stammen aus komplett unterschiedlichen Büchern!«

»Die sehen sich in den Filmen einfach zum Verwechseln ähnlich.«

»Finde ich nicht«, sagt Heikomir streng. Dann gleitet sein Blick zurück zu Angelique und er beginnt wieder zu lächeln. »Und jetzt sag schon, Angelique, welchen Film spielt ihr nach?«

»*High School Musical*«, ruft Angelique.

»*Arielle, die Meerjungfrau*«, ruft Pauline zur gleichen Zeit.

Heikomir runzelt irritiert die Stirn. »Was denn nun?«

»Die ... High-School-Meerjungfrau«, rette ich uns. »Die Geschichte haben wir uns selbst ausgedacht. Es geht ... um ... äh ... eine singende Meerjungfrau, die zur Schule geht. Ziemlich ... ungewöhnliche Geschichte.«

»Aha«, meint Heikomir und guckt immer noch streng. Vermutlich glaubt er uns nicht. Oder hält uns für komplett bescheuert. Oder beides. »Wie auch immer. Eigentlich bin ich hier, um mit Angelique zu reden. Unter vier Augen.«

»Hä? Ich habe dir nun wirklich nichts zu sagen, Heiko«, weicht Angelique ihm aus. »Wenn du mit mir reden willst, dann kannst du das auch vor Pauline und Chloé tun.«

»Na fein.« Jetzt sieht Heikomir plötzlich ziemlich verunsichert aus. »Ich, ähm ... wollte dich fragen, ob du Lust hättest, mich heute zu besuchen. Wir ... ähm ... könnten *Herr der Ringe* auf DVD schauen. Ich besitze die XXL-Version, inklusive Regiekommentaren von Regisseur Peter Jackson und ganzen fünf Stunden Bonusmaterial.«

»Ähm ... *nein*. Ich habe keine Lust«, lautet ihre Antwort.

»Aber warum denn nicht?«

»Hör zu, ich würde lieber ein Einhorn verspeisen, als acht Stunden lang irgendwelchen barfüßigen Hobbit-Kreaturen oder einäugigen Monstern dabei zuzusehen, wie sie einem Ring hinterherjagen«, meckert sie. »Am besten fragst du einfach einen deiner Fantasy-Freunde.«

»Aber … ich will ihn doch mit *dir* sehen«, beharrt Heiko und wird noch röter.

»Und warum?«, fragt Angelique.

»Weil ich … na, weil ich … dich mag. Sehr sogar«, gibt Heiko zu und sieht ihr unverwandt in die Augen. »Du bist das hübscheste Mädchen, dem ich je begegnet bin.«

Jetzt wandert doch noch ein Lächeln über Angeliques Lippen. Kein Wunder, ihre Eitelkeit ist ihr wunder Punkt. »Und wennschon«, sagt sie und klingt plötzlich viel freundlicher. »Trotzdem wird das nichts mit uns, Heiko. Wenn ich einen Freund haben will, dann suche ich mir einen Jungen aus den höheren Klassen aus. Einen, der schon ein Mofa besitzt. Du weißt doch sicher noch nicht, was es heißt, in ein Mädchen verknallt zu sein.«

»Weiß ich wohl.«

»Weißt du nicht«, entgegnet Angelique. »Du bist erst zwölf. Zwölfjährige Jungs interessieren sich doch nur für Spielkonsolen und Handy-Apps.«

Jetzt wird Heiko wütend. Er fletscht die Zähne, sieht aus, als würde er jeden Moment explodieren, und ich habe das

Gefühl, als stünde uns gleich ein heftiger Vulkanausbruch bevor. »Ernst Fröhlich vielleicht. Aber nicht ich«, ruft er verärgert und macht kehrt. »Und das werde ich dir beweisen.«

»Viel Glück dabei! Ach, und frag mich bitte nicht doch noch, ob ich in deinen Verein eintreten und die Elbenkönigin spielen will«, wirft Angelique ihm noch hinterher. »*Herr der Ringe* ist bestimmt der langweiligste Film aller Zeiten. Noch langweiliger als Fußball.«

Als Heikomir verschwunden ist, atmen wir alle tief durch. »War das nicht ein bisschen fies?«, fragt Pauline.

»Leute, das ist Heiko. Ich dachte, wir hassen ihn«, verteidigt sich Angelique.

»Ja, tun wir auch«, murmelt Pauline. »Aber irgendwie tut er mir trotzdem leid. Und was meinte er eigentlich mit ›Er wird es dir beweisen‹?«

»Keine Ahnung. So verrückte Fantasy-Typen reden doch ständig wirres Zeug. Los, lasst uns lieber seinen Vater weiter beobachten.« Angelique dreht sich um und sieht wieder aus dem Fenster. »Oh Mist! Jetzt ist er verschwunden. Na toll. Besten Dank auch, Heikomir.«

EnzyKLOpädie

Kloweisheit #12:

Manche Stars haben echte Macken.
Ganz besonders lustig
finde ich ja Madonna!
Wusstet ihr zum Beispiel, dass
Madonna ein echter Hygiene-Freak ist?
Wenn die Popdiva auf Tour
geht, verlangt sie an jedem
Veranstaltungsort eine komplett
neue Klobrille!

Ein Gedicht für eine Zicke

Heikomirs überraschendes Auftauchen hält uns nicht davon ab, Herrn Niemand weiterzubeschatten. Doch leider vergehen die nächsten beiden Tage, ohne dass wir auch nur den geringsten Hinweis bekommen oder er sich verdächtig macht. Stattdessen beobachten wir Alltägliches: Herr Niemand, der den Boden schrubbt, Herr Niemand, der Glühbirnen wechselt, und Herr Niemand, der Raucherpausen macht.

Doch als wir in der großen Pause des dritten Tages wieder in den Musikraum wollen, um ihn beim Schneeschaufeln zu beobachten, wartet eine Überraschung auf uns. Im Musikraum sitzt Ernst und wartet schon. Und er hat ziemlich viel Verpflegung mitgebracht – Lebkuchen, Limonade, Kartoffelchips und Schokonikoläuse.

»Hi, Freunde. Bitte, bedient euch!«, sagt er und deutet auf die Lebkuchen.

»Hallo, Ernst!« Ich schnappe mir einen Lebkuchen und prüfe ihn von allen Seiten. »Das sind aber nicht die, die du mit Tabascosauce gefüllt hast, oder?«

Ernst lächelt milde. »Chloé. Du bist meine beste Freundin. Könnte ich meiner besten Freundin je einen so gemeinen Streich spielen?«

Das beruhigt mich nicht die Bohne. »Ernst, du spielst selbst deinen liebenden Eltern gemeine Streiche. Du machst vor niemandem halt.«

»Stimmt, ja«, gibt Ernst schließlich zu. »Aber ich schwöre bei Cloakina, der Klogöttin, die Lebkuchen sind safe.«

»Na, Gott sei Dank, die sehen nämlich echt lecker aus«, verkündet Pauline, schnappt sich einen Lebkuchen und beißt hinein. »Aber sag mal, Ernst, was tust du denn hier? Hast du nicht immer noch Schulverbot?«

»Ach, dieser kleine, unbedeutende Verweis kann mich doch nicht daran hindern, meinen besten Freunden dabei zu helfen, diese elenden Verbrecher zu überführen«, behauptet Ernst mit ehrenvoller Miene und deutet aus dem Fenster nach draußen, wo Herr Niemand Schnee schaufelt. »Außerdem … ähm … hatte ich ein wenig Sehnsucht nach der Schule.«

»Sehnsucht? Nach der Schule? Ich glaub dir kein Wort!«, knurrt Angelique misstrauisch. »Was ist mit Schlafen bis Mittag? Und die ganze Nacht lang Horrorromane lesen? Sag uns die Wahrheit!«

Ernst lässt den Kopf hängen. »Na gut, ihr wollt die Wahrheit, ihr bekommt die Wahrheit. Ich will schleunigst zurückkommen, weil meine Eltern mir eine Privatlehrerin organisiert haben. Damit ich in der Schule nicht so viel versäume, muss ich nun jeden Vormittag –«

»Eine … Privatlehrerin?«, staunt Angelique. »Oh, wie cool ist das denn? Ich liege meinem Vater schon ewig deswegen in den Ohren, aber er meint, das kommt gar nicht infrage. Mann, Ernst, ich beneide dich!«

»Spar dir deinen Neid, solange du die dicke Berta nicht kennst. Dieses unerträgliche Monster kommt jeden Tag fünf Stunden zu uns nach Hause, verwandelt das Wohnzimmer in meine persönliche Unterrichtshölle und be-

handelt mich dabei wie einen Schwerverbrecher! Gegen die ist die Kümmel so friedlich wie Elmo aus der Sesamstraße.«

Der Name kommt mir bekannt vor. »Berta? Ist das nicht eure Nachbarin? Die Lehrerin in Rente?«

»Militär-Kommandantin trifft es besser!« Ernst ballt die Faust. »Als ich neulich im Pyjama erschienen bin, hat sie mich richtig angebrüllt! … Wozu hat man denn eine Privatlehrerin, wenn man nicht im Pyjama zum Unterricht erscheinen darf, hm?« Ernst seufzt verzweifelt. »Noch dazu kommt sie hinter jeden meiner Streiche. Heute habe ich etwas von Papas Abführmittel in ihren Kaffee geschüttet, aber sie hat ihn nicht angerührt und meinte, dass damit irgendetwas nicht stimmte! Ohne davon zu kosten! Bestimmt ist sie eine Hexe!«

»Oh Mann, das klingt echt bitter«, gibt Pauline zu. »Hoffentlich darfst du bald wieder zu uns in die Schule und bist die Hexe los.«

»Dazu müssen wir endlich den Hausmeister überführen und meine Unschuld beweisen«, sagt Ernst und guckt aus dem Fenster. »Da, jetzt hat er die Schneeschaufel beiseitegestellt und lehnt am Schultor.«

Pauline, Angelique und ich setzen uns neben ihn in die leeren Bänke. »Sind die Typen in Schwarz etwa wieder da?«, frage ich, denn natürlich habe ich ihm von unseren Beobachtungen der letzten Tage berichtet.

»Nein. Aber diesmal hat Niemand eine Kamera dabei«, stellt Ernst fest. »Er scheint irgendetwas zu fotografieren. Was auch immer er da tut, er geht jedenfalls nicht seiner Arbeit nach. So ein Faulpelz.«

»Was könnte er denn festhalten wollen?«, überlege ich und versuche, der Richtung zu folgen, in die Herrn Niemands Kameralinse zeigt. Da vorne liegt der Stadtpark, mit dem Brunnen und dem riesengroßen Schachbrett. Der wird ihn wohl kaum interessieren. Ein Stück weiter links die Straße hinunter entdecke ich eine junge Frau, die Blumen verkauft. Auch eher uninteressant. Und dann wäre da noch –«

»… die Stadtbank«, stößt Angelique hervor. »Leute, er beobachtet die Bankfiliale, da bin ich sicher. Und außen befindet sich sogar –«

»… ein Geldautomat«, sage ich und bin jetzt ganz aufgeregt. »Es passt alles zusammen. Das seltsame Treffen mit den schwarz gekleideten Typen vor drei Tagen. Der Piratenhut in der Wohnung. Und jetzt das. Ich glaube, der faltige Eddie plant seinen nächsten Coup.«

»Das reicht jetzt! Ich finde, wir sollten endlich zu Oberhauser gehen«, beschließt Angelique und schnappt schon ihren pinkfarbenen Rucksack, um ihr Beobachtungsprotokoll wieder darin zu verstauen. »Inzwischen haben wir genügend Beweise dafür, dass Herr Niemand ein Geheimnis hat.«

»Es sind keine Geheimnisse, sondern *Indizien*«, korrigiert Ernst. »Von Indizien spricht man, wenn –«

»Ich weiß, was Indizien sind, Schlaumeier«, schnauzt Angelique. »Trotzdem finde ich, dass wir Direktor Oberhauser einweihen sollten. Los, gehen wir in sein Büro.«

Ernst guckt auf seine Armbanduhr. »Es ist Freitagvormittag, freitags kommt Oberhäusl doch später in die Schule, weil er mit seinen verrückten Hippie-Freunden Sonnenaufgangs-Yoga ma–«

Aus dem Lautsprecher über der Tafel und auf dem knallvollen Pausenhof ertönt plötzlich der vertraute Gong. Wir kennen das Geräusch, denn es kündigt eine Durchsage des Direktors an.

»Seht ihr? Oberhauser ist doch schon da«, setzt Angelique an, doch verstummt prompt, als nicht wie erwartet

Direktor Oberhäusls Stimme durch die Sprechanlage dringt.

»Liebe Mitschülerinnen und Mitschüler. Diesmal spricht nicht wie üblich euer Direktor, sondern ich, Heiko Niemand, Klasse 6a«, schallt es aus dem Lautsprecher.

»Heiko?«, ruft Pauline entsetzt. »Wie kommt der denn in Direktor Oberhäusls Büro? Da darf er doch gar nicht rein.«

»Vielleicht kennen mich einige von euch schon. Ich bin der Sohn des neuen Hausmeisters. Heute habe ich allerdings eine Botschaft für eine ganz besondere Schülerin unter euch. Und zwar Angelique. Das schönste Mädchen der Stadt. Angelique, ich habe dir ein Gedicht geschrieben.« Heiko räuspert sich, dann hören wir es rascheln. »*Wie das Auge des Sauron, so glüht mein Herz, wenn du in der Nähe bist, das ist kein Scherz*«, verkündet er mit feierlicher Stimme. »*Für dich geb ich mein Leben, ich schenk's dir im Nu, für mich gibt's nur einen Schatz, und das bist* –«

»Sag mal, bist du verrückt geworden, mein Junge?«, hören wir plötzlich eine zweite Stimme durch die Sprechanlage. »Und woher hast du eigentlich den Generalschlüssel?«

»Herr Klaus, einen Moment noch!«, ertönt Heikos Stimme, nun deutlich leiser. »Bitte!«

»Auf keinen Fall«, brummt Herr Klaus wütend.

»Autsch … lassen Sie mich los. *Angelique … und das bist du!*«, hören wir Heiko hektisch sein Gedicht beenden. Dann folgt ein langes Rauschen und es ist wieder leise.

Eine Weile starren wir wortlos auf die Sprechanlage, bis schließlich Angelique den Mund aufmacht.

»Das ist jetzt nicht wirklich passiert«, flüstert sie mit knallrotem Kopf. »Ich … kann mich nie wieder in der Schule blicken lassen.«

Ernst grinst und klopft ihr auf die Schulter. »Nimm's locker, Prinzessin. Es könnte ja auch eine andere Angelique gemeint sein.«

»Ich bin die einzige Angelique an der Schule, du Doofkopf!«, schreit sie. Doch dann beginnt sie zu schluchzen und vergräbt das Gesicht in den Händen. »Oh Gott, ist das peinlich … ich will auf der Stelle im Boden versinken oder ich sterbe.«

»Nicht peinlicher als dein Einhorn-Faible«, lacht Ernst.

»Hör auf, Ernst«, ermahne ich ihn streng. Jetzt ist

wirklich nicht der richtige Zeitpunkt, um Witze auf Angeliques Kosten zu machen. Ich kann verstehen, dass ihr die Sache mit dem öffentlichen Gedicht megapeinlich ist. Jetzt denkt doch die ganze Schule, dieser verrückte Vampirjunge wäre ihr Freund. Es könnte Wochen dauern, das klarzustellen.

»Mann, Leute, das wird doch für uns alle zum Problem«, jammert Pauline. »Jetzt können wir Niemand noch nicht mal weiterbeschatten, weil uns der verliebte Hobbit ständig auf die Pelle rücken wird. Bestimmt bekommt er bald mit, was wir hier abziehen.«

»Wenn wir es nur schaffen würden, uns mal in der Wohnung umzusehen«, denkt Ernst laut und läuft zwischen den Bänken auf und ab. »Niemand plant einen großen Überfall ohne Vorbereitung.«

»Er will ohne Vorbereitung die Bank überfallen?«, fragt Angelique. »Das ist ja nicht gerade schlau.«

Ernst rollt mit den Augen. »Könnte mal irgendjemand Blondie hier ein Gehirn einpflanzen? Ich meinte eigentlich –«

»War nur ein Scherz, ich hab's kapiert, Oberinspektor Fröhlich«, lacht Angelique. »Du denkst, dass wir in Niemands Wohnung noch mehr Hinweise auf den Überfall finden könnten. Vielleicht hat er sogar eine ganze Wand mit Zetteln bepflastert, auf denen er den Überfall penibel geplant hat. So wie in Kriminalfilmen.«

»Ich finde, wir sollten diese Spionage-Aktion weiterführen«, schlägt Ernst vor. »Besonders in der Nacht. Da fühlen sich die beiden unbeobachtet. Am besten campen wir im Schulhof, ich habe ein nagelneues Zelt zu Hause und außerdem sogar einen Schlafsack, der bis minus zwanzig Grad –«

»Vergiss es! Du kannst gern alleine in der Eiswüste übernachten, du Abenteurer«, schneidet ihm Angelique das Wort ab. »Ich für meinen Teil observiere Niemand nur mehr von geheizten Räumen aus. Und damit basta!«

»Womöglich müssen wir gar nicht in die Wohnung einbrechen. Oder draußen vor der Schule campen. Warum besuchen wir Heiko nicht einfach?«, frage ich.

Ernst, Pauline und Angelique starren mich an, als hätte ich den Verstand verloren.

»Besuchen? Als ob der dich oder mich freiwillig einladen würde«, knurrt Ernst.

»*Dich* und *mich* vielleicht nicht. Aber Angelique!«, korrigiere ich und lasse eine kleine Pause, damit die anderen über meine Worte nachdenken können. »Mensch, Leute, wenn Heiko sich nichts sehnlicher wünscht, als mit Angelique fernzusehen, dann sollten wir ihm diesen Wunsch erfüllen.«

Angelique verzieht das Gesicht, als würde ihr gerade jemand einen stinkenden Fisch vor die Nase halten. »Sag mal, Chloé, bist du übergeschnappt? Ich soll mir stundenlang freiwillig diesen Mittelerde-Stuss reinziehen und dabei Heiko seine bleichen Vampirarme um meine Schultern legen lassen?«

»Nicht stundenlang … nur ein klitzekleines Weilchen«, versichere ich ihr. »Bis der Film ihn so in seinen Bann gezogen hat, dass du dich aus dem Wohnzimmer schleichen kannst, um heimlich die Wohnung zu durchsuchen.«

Angelique nimmt einen tiefen Atemzug und denkt einen Moment darüber nach. »Und was mache ich, wenn Herr Niemand ebenfalls daheim ist? Und mich auf frischer Tat dabei ertappt?«

»Das wird er nicht«, sagt Ernst und schüttelt den Kopf. »Denk doch mal nach, Angelique. Heiko selbst wird dafür sorgen, dass sein Vater nicht zu Hause ist. Dem wäre das sicher peinlich, wenn sein Vater mitbekommt, dass er ein Mädchen zu sich nach Hause eingeladen hat.«

»Mag schon sein. Aber ich finde es trotzdem doof, dass die ganze Arbeit an mir hängen bleibt. Warum kann Heiko nicht in Chloé oder Pauline verknallt sein? Nur weil ich die Hübscheste bin, muss ich die Sache ausbaden.«

»Wir können dir ja helfen«, biete ich an und überhöre großzügig den Seitenhieb.

»Und wie?«

»Na, indem du uns heimlich die Wohnungstür von innen öffnest, Angelique. Dann können wir alle gemeinsam die Wohnung durchstöbern, und du bist nicht länger alleine«, biete ich an. »Ernst könnte derweil Schmiere stehen, falls Heiko sich doch mal vom Sofa erheben sollte.«

Angelique wirkt immer noch nicht ganz überzeugt. »Hm. Das könnte klappen. Aber denkt ihr wirklich, dass das eine gute Idee ist? Am Ende denkt Heiko noch, ich mag ihn auch. Und dann rückt er mir nie wieder vom Leib.«

»Bist du bereit, dieses Risiko einzugehen, Angelique? Für die Zukunft unsere Mädchenklos? Und um den Fortbestand der Zivilisation zu sichern?«, fragt Ernst mit bedeutungsschwangerer Stimme.

Angelique tippt sich an die Stirn. »Fortbestand der Zivilisation? Ernst, du hast einen Vogel, wohl zu viele Science-Fiction-Filme geguckt?«

»Was jetzt? Ja oder nein?«, drängt er.

»Na gut, ja. Ich mache es.« Angelique rollt genervt mit den Augen. »Aber eins ist klar – wenn der aufdringliche Schleimbolzen die Lippen spitzt, brate ich ihm mit seinem eigenen Schwert eins über.«

Die Wahrheit über Niemand

Ich weiß, ich weiß, Leute. Angelique kann eine ziemliche Zicke sein. Und nicht nur das, sie ist außerdem selbstverliebt, schnippisch, egoistisch, ein ziemliches Lästermaul, und sie hat den fragwürdigsten Klamottengeschmack – zumindest, wenn man die Farbe Rosa hasst. Aber heute habe ich Mitleid mit ihr. Denn wie es scheint, weiß inzwischen jeder Schüler des Notburga-von-Sorgenfrey-Gymnasiums von Heikos gestrigem Liebesgeständnis über die Sprechanlage.

Und ich meine wirklich *jeder*!

»Hey, Angelika. Du neue Freund? Die blasse Junge mit silberne Schwert?«, fragt Raul, der spanische Austauschschüler aus der Achten, noch bevor es zur ersten Stunde geläutet hat.

»Heiko! Ist! Nicht! Mein! Freund!«, knurrt Angelique über den Flur und funkelt Raul an, als würde sie ihn am liebsten auf der Stelle zum Frühstück verspeisen. »Dieser Junge ist einfach nur besessen von mir. Nicht meine Schuld. Verstanden, Raul?«

»Verstanden«, murmelt Raul, nickt schnell und macht sich aus dem Staub, bevor ihm Angelique an die Gurgel springen kann.

»Es ist einfach aussichtslos!«, jammert Angelique und seufzt tief. Dann nimmt sie ihren Rucksack ab und lehnt sich erschöpft gegen die Schulspinde. »Sogar Raul weiß es. Dabei dachte ich, der spricht noch nicht mal unsere Sprache.«

»Offenbar kann er sie gut genug, um Lautsprecherdurchsagen zu verstehen«, meint Pauline und beißt in ihr Sandwich, das sie sich eben am Kiosk gekauft hat. »Und jetzt entspann dich, Angelique. Wenn du dich demnächst mit Heikomir verabreden möchtest, ist es sowieso besser, keiner hier weiß, dass du ihn auf den Tod nicht ausstehen kannst. Wegen der Glaubwürdigkeit und so.«

»Ich pfeif auf Glaubwürdigkeit«, schmettert ihr Angelique entgegen. »Ich finde den Plan mit der inszenierten Verabredung noch immer doof.«

»Aber du bist die Einzige, die uns helfen kann, Herrn Niemand dranzukriegen«, setze ich nach. Dass Angelique jetzt wieder abspringt, muss ich mit allen Mitteln verhindern.

»Ich weiß. Ihr seid aufgeschmissen ohne mich«, nickt

Angelique etwas selbstzufriedener, genau, wie ich gehofft hatte.

»Sieh es einfach als … Vorbereitung auf deine Schauspielkarriere in Hollywood«, wirft nun auch Pauline ein. Pauline weiß inzwischen natürlich auch schon, dass Angelique von einer großen Karriere beim Film träumt. Man erzählt sich, dass Angelique sich jeden Abend ihr hübschestes Kleid anzieht und vor dem Spiegel heimlich ihre Rede für die Oscarverleihung übt. »Du spielst lediglich eine Rolle, Angelique. Du musst Heikomir in Wahrheit gar nicht toll finden. Du tust nur so, als ob! Verstanden?«

»Kapiert.« Angelique seufzt. »Aber wehe, dieser schwerttragende Freak erzählt irgendjemandem von unserer Verabredung. Denn dann –«

»Hallo, Angelique.« Wenn man vom Teufel spricht … hinter uns ertönt jedenfalls seine Stimme. Bevor wir uns versehen, hat Heiko sich auf dem Schulflur schon zu uns gesellt und grinst Angelique verliebt an.

»Huch!« Angelique fährt herum und rümpft die Nase. »Mann, Heiko, ist das etwa dein Hobby?«

Heiko guckt verdutzt. »Was denn?«

»Na, dich immer aus dem Hinterhalt anzuschleichen«, knurrt Angelique in typisch schnippischer Manier. »So wie neulich im Musikraum. Langsam nervt das!«

»Okay. Entschuldigung.«

»Was willst du eigentlich von uns?«

Heiko tritt verlegen von einem Bein aufs andere. »Ich, ähem … ich wollte bloß fragen, ob du gestern meine Nachricht gehört hast.«

»Gehört?« Angelique reißt die Augen auf, als traue sie ihren Ohren nicht. »JEDER hier hat sie gehört, du Einfaltspinsel! Du hast die verfluchte Sprechanlage benutzt, etwa schon vergessen?«

»Sei nett«, mahnt sie Pauline leise.

»Ich weiß. Das war vielleicht *etwas* übertrieben«, gibt Heiko zu.

»Etwas?« Sie rollt mit den Augen. »Du hättest mir auch einfach ein SMS oder eine WhatsApp-Nachricht schicken können! Oder meinetwegen eine Brieftaube!«

»Ich habe von Herrn Klaus auch mächtig Ärger kassiert. Aber vielleicht glaubst du mir nun endlich, dass ich dich wirklich, wirklich gerne mag«, spricht er verlegen. »Und nimmst meine Einladung an. Heute Nachmittag zum Filmschauen?«

»Mhm …«, macht Angelique, knetet ihre Hände und sieht sich vorsichtig um. Weil wir mitten im Flur stehen, haben einige andere Schüler schon bemerkt, was hier vor sich geht, und starren neugierig zu uns herüber. Kein Wunder, Heikos spontane Lautsprecherdurchsage ist seit gestern das Gesprächsthema Nummer eins.

»Und wir *müssen* auch nicht die *Herr-der-Ringe*-DVD gucken, wenn dir das zu blutrünstig ist«, versucht er, sie zu überreden. »Der Film dauert außerdem total lange … nicht, dass er deshalb langweilig wäre … aber wir können stattdessen eine Serie schauen, wenn dir das lieber ist. Oder eine Folge von *Raumschiff Enterprise*. Sobald ich Elbisch beherrsche, möchte ich nämlich Klingonisch lernen.«

Ich schaffe es gerade noch, das Kichern zu unterdrücken, da stupst mich Pauline in die Seite. »Mist«, flüstert sie mir ins Ohr. »Wie sollen wir denn die ganze Wohnung während einer einzigen Folge durchsuchen? Das reicht doch nie und nimmer.«

»Ähm, nein«, sagt Angelique eilig. »*Raumschiff Enterprise* kann ich nämlich noch weniger leiden. Außerdem ist eine Folge davon … zu kurz.«

Heiko scheint verwirrt. »Zu kurz?«

»Ähm, ja. Dann doch lieber den Film«, nuschelt Angelique und sieht sich hektisch um. Inzwischen stehen mindestens zwanzig Schüler um uns herum und lauschen. »Sagen wir, um drei Uhr?«

»Wie bitte?«

»Ich sagte, um drei Uhr?«, zischt Angelique zwischen den Zähnen hervor.

»Das heißt … du nimmst meine Einladung an?« Heikos Miene hellt sich auf. Mit einem Mal wirkt er gar nicht mehr so sonderbar, ganz im Gegenteil. Er sieht jetzt nicht mehr aus wie ein blutleerer, gruseliger Vampirjunge, der auch gut in einem Sarg schlafen könnte, sondern wie ein normaler Mensch. Wie ein Junge, mit dem wir möglicherweise befreundet sein könnten.

»Ja, okay! Aber nur *ein* einziges Treffen!«, murmelt Angelique kleinlaut. Es huscht ihr sogar ein kleines Lächeln übers Gesicht, während es zur ersten Stunde läutet und Heiko beschwingt vor uns in die Klasse geht. Nur unsere Zaungäste bewegen sich immer noch nicht vom Fleck, als wäre der Unterricht für heute abgesagt worden.

»Und ihr macht endlich die Fliege!«, ruft Angelique ihnen zu. »Die Show ist vorbei! Hier gibt's nichts zu sehen!«

Pauline, Ernst und mir fällt ein Stein vom Herzen, als Angelique schließlich pünktlich fünf vor drei an der Schule auftaucht. Wir hatten schon Wetten abgeschlossen, ob sie es sich bis zum Nachmittag anders überlegen und die Spionage-Aktion sausen lassen würde. Zum Glück hat sie Wort gehalten.

»Na, sieh mal einer an, du hast dich ja richtig rausgeputzt für das Treffen«, lacht Ernst. Und wirklich sieht Angelique viel schicker aus als sonst. Statt der üblichen quietschbunt bedruckten Klamotten trägt sie ein enges Strickkleid und hat sich ein pinkfarbenes Blümchen ins Haar gesteckt.

»Nun ja, ähm«, stottert Angelique und wirkt verlegen. »Heiko findet doch, ich bin das schönste Mädchen der Schule, und ich wollte nicht, dass er an einem so wichtigen Tag seine Meinung ändert.« Dann wirft sie ihr Haar zurück und ergänzt: »Aber nicht, dass ich nicht auch in Flohmarkt-Klamotten eine Augenweide wäre. Und jetzt los!«

Wir begleiten Angelique noch bis an die Wohnungstür. Dann verstecken wir uns in der Umkleide des Turnsaals und warten, bis sie geklingelt hat, Heiko ihr öffnet und die beiden in der Wohnung verschwinden.

Kaum fällt die Tür ins Schloss, zückt Ernst sein Handy und startet die Videofunktion. »Stufe eins erfolgreich abgeschlossen«, wispert er leise in sein Handy. »Der Kuckuck ist im Nest platziert. Liebe Fans, folgt mir live über meine Website, während ich, der Ernst des Lebens, eine gefährliche Mission erfülle, in der es um Leib, Leben und die Sicherheit unserer Schule –«

»Sag mal, geht's noch?« Bevor Ernst weitersprechen kann, nehme ich ihm das Handy aus der Hand. »Wir wollen heimlich durch Niemands Wohnung schleichen und du filmst alles für die Öffentlichkeit?«

Ernst rollt mit den Augen. »Mann, Chloé, jetzt entspann dich! Alles verläuft nach Plan. Angelique ist in der Wohnung und der alte Niemand steht immer noch an der Schulmauer und macht wieder Fotos. Der kommt uns ganz sicher nicht auf die Schliche.«

»Und wennschon.« Dass Herr Niemand heute Nachmittag wieder mit Fotografieren beschäftigt ist, muss nicht bedeuten, dass es Heiko nicht auffallen könnte, wenn wir uns unerlaubt in der Wohnung herumtreiben.

»Wir müssen so leise sein wie möglich.«

Ernst greift nach seinem Handy und sucht erneut nach

der Kamerafunktion. »Mir egal, Chloé … du hast keinen Schimmer, wie viele neue Zuschauer so eine spannende Live-Schaltung bringen könnte.« Dann setzt er wieder sein Grinsen auf. »Entschuldigt die technischen Schwierigkeiten, liebe Fans da draußen! Der Ernst des Lebens ist zurück, aus seinem heimlichen Versteck, genau hier –«

»Und du hast keinen Schimmer, wie viel Ärger uns diese Live-Schaltung einbringen könnte«, schnauze ich zurück und entreiße ihm das Handy wieder, diesmal fester. »Stell dir nur mal vor, Oberhäusl klickt in diesen Moment auf deinen Kanal.«

Ernst angelt sich umständlich das Handy aus meinem Griff. »Unmöglich. Der zündet sich sicher in diesem Moment ein paar Räucherstäbchen an und hört dabei seine heiß geliebte CD mit Delfinklängen. Oder er ist wieder bei seinem Yoga und rekelt sich wie ein altersschwacher Regenwurm. Nie im Leben klickt der in diesem Moment auf meinen –«

»Hört auf zu streiten, Leute«, bremst uns Pauline und späht durch die angelehnte Tür der Umkleide zum Eingang von Niemands Wohnung. »Angelique ist schon an der Tür und möchte uns in die Wohnung lassen.«

»Nichts wie los!«, verkündet Ernst so wild entschlossen, dass er im Nu nach draußen geeilt ist. Dort wartet schon Angelique und presst ihren Zeigefinger gegen die Lippen, wir laufen ihnen nach.

»Los, Leute, schnell, rein mit euch«, wispert sie und schließt leise die Wohnungstür hinter uns. »Heiko ist gerade in der Küche und macht Popcorn, ich habe mich inzwischen in der Wohnung etwas umgesehen. Aber ihr müsst leise sein. Die Wände sind dünn wie Pappe.«

»Hast du schon irgendwelche Anhaltspunkte gefunden?«, erkundigt sich Pauline und sieht sich im Flur um. Es ist ein ganz normaler, schlauchförmiger Raum mit einem altmodischen Garderobenschrank und einem verstaubten Spiegel. »Einen versteckten Koffer mit Geld vielleicht? Oder eine Knarre?«

Angelique schüttelt den Kopf. »Aber es gibt einen Raum, von dem ihr noch nichts wisst. Ein Zimmer, das wir neulich durch das Fenster nicht sehen konnten.«

»Noch ein Zimmer?« Ernst hebt die Augenbrauen. »Klingt vielversprechend.«

Angelique nickt eifrig. »Ein winzig kleines Büro, in dem sich einige Kisten, wahrscheinlich noch vom Umzug der Niemands, befinden. Ich finde, ihr solltet dort anfangen.«

»Angiiie … möchtest du eine Cola mit oder ohne Zucker?«, schallt Heikos Stimme aus der Küche.

»Kommt, hier rein«, murmelt Angelique, zieht eine Tür auf und schiebt uns in ein Zimmer. »Und macht schnell, bevor ich ausraste, weil Heiko mich Angie nennt.«

Als die Tür zum Büro hinter uns ins Schloss fällt, ist es plötzlich leise. Das Zimmer, in das Angelique uns geschoben hat, ist tatsächlich winzig und liegt auf der Rückseite der Wohnung. Es scheint auch als Gästezimmer zu dienen, denn neben dem alten Schreibtisch befinden sich noch ein Schrank und ein hölzernes Bett darin. Über dem Bett entdecken wir ein schmales Fenster, allerdings sind die Jalousien heruntergelassen und die Vorhänge zugezogen.

»Das schreit ja förmlich nach Geheimversteck«, erklärt Ernst und reibt sich vor Freude die Hände. Dann zieht er sein Handy aus der Hosentasche. »Liebe Fans, da bin ich wieder! Euer Lieblings-YouTuber, der Ernst des Lebens! Wir sind nun in der Höhle des Löwen! Ein unerschrockenes Team aus drei Kämpfern –«

»Letzte Warnung, Ernst!«, drohe ich. »Schalt jetzt endlich dein Handy aus! Du bringst uns noch alle in große Gefahr!«

»Na fein.« Ernst steckt das Ding weg und sieht sich um. »Lasst uns loslegen! Ich durchsuche den Schrank, ihr guckt in die Umzugskartons!«

Pauline und ich gehorchen und machen uns ans Werk. Im ersten Karton entdecken wir bloß eine Menge Kleidung, im zweiten einen Haufen alte Bücher. Nicht unbedingt sehr hilfreich.

»*Das kleine Einmaleins der Vogelkunde*«, liest Pauline. »Klingt ja langweilig.«

»Und hier, *Raubvögel im Alpenraum*.« Ich halte ein weiteres Buch hoch, auf dessen Titelbild ein mächtiger Adler abgebildet ist. »Ob Niemand die wirklich liest?«

»Hier gibt's leider auch keine heiße Spur, Leute«, murmelt Ernst, der sich in der Zwischenzeit den Schreibtisch vorgenommen hat. »Nur eine Menge Papierkram. Rechnungen, alte Zeitungen und ... Moment mal, was ist denn das?«

»Was hast du gefunden?«, wispere ich.

»Eine Notiz«, entgegnet er, hält uns ein hellblaues Post-it entgegen und setzt eine todernste Miene auf. »Leute ... ich glaube, ich habe den Jackpot gefunden! Lest doch mal, was da draufsteht.«

Ich ziehe Ernst das Stück Papier aus der Hand und starre auf die krakelige Schrift.

»Donnerstag? Das ist ja schon morgen! Er hat es wirklich auf die Stadtbank abgesehen!«, ruft Pauline. »Leute, dieses Stückchen Papier hier ist unser Beweis. Alles deutet darauf hin, dass Niemand mit seiner Ganoventruppe einen Coup plant – die Tatsache, dass er ständig Fotos schießt, dann diese gefährlich aussehenden Jungs, mit denen er sich neulich über die Schulmauer gestritten hat –«

»Und jetzt das«, ergänze ich mit belegter Stimme. Nun, da wir eine heiße Spur gefunden haben, habe ich plötzlich am ganzen Körper Gänsehaut bekommen. »Morgen um zwölf Uhr ist es so weit! Niemand plant einen Überfall. Und ich finde, es ist höchste Zeit, den Direktor einzuweihen. Los, Leute, lasst uns von hier verschwin–«

»Heiko?«, dröhnt plötzlich eine tiefe Stimme durch den Flur, bevor ich den Satz beenden kann.

Ernst, Pauline und ich erstarren. War das etwa … die Stimme des Hausmeisters? Wie kann das sein? Vor wenigen Minuten haben wir ihn doch noch im Schulhof gesehen!

»Sag mal, Junge, hast du irgendwo das Ladegerät für meine Kamera gesehen?«, sagt er. Schwere Schritte poltern über die Holzdielen im Flur. »Oh, ach so … hast du etwa Besuch eingeladen?«

»Äh, hallo.« Nun hören wir Heikos Stimme. »Ähm … ja. Ich habe … ähm … Angelique eingeladen. Aus meiner Klasse. Du kennst sie doch, oder?«

»Hallo, Herr Niemand«, sagt Angelique betont freundlich.

Wir hören, wie Herr Niemand schnaubt. »Ist sie etwa das Mädchen, wegen dem du dich unerlaubt ins Zimmer des Direktors geschlichen hast?«

»Öh … kann sein«, gibt Heiko verlegen zu.

»Heiko, du bist noch nicht mal dreizehn, ich finde, du bist zu jung für eine Freundin! Such dir lieber ein anständiges Hobby, und triff dich nicht immer nur mit den schrägen Typen, die sich ständig verkleiden.«

»Genau das sage ich auch!«, blökt Angelique.

»Na toll«, wispert mir Ernst ins Ohr. »Wenn Angelique sich jetzt aus dem Staub machen muss, sind wir so was von aufgeschmissen. Wer soll uns sonst verraten, wann die Luft rein ist, damit wir unbemerkt verschwinden können?«

»Darf … ich trotzdem bleiben und mit Heiko den Film zu Ende sehen?«, fragt Angelique jetzt.

»Meinetwegen«, brummt Herr Niemand. »Aber Heiko, erst hilfst du mir, das Ladegerät für meine Kamera zu finden. Es ist äußerst wichtig!«

»Du und deine Kamera«, motzt Heiko genervt. »Hast du schon in der alten Rumpelkammer nachgesehen?«

»Shit!«, flucht Ernst und sieht sich gehetzt um. »Sie wollen hier rein! Was zur Hölle machen wir nun?«

»Nicht!«, schreit Angelique draußen im Flur. »Ich glaube nicht, dass Ihr Ladegerät in diesem Zimmer liegt.«

Herr Niemand lacht. »Und woher willst du das wissen, junges Fräulein?«

»Wir müssen uns verstecken«, ruft Ernst jetzt. »Ich gehe unter den Schreibtisch und ihr beide unters Bett. Macht schnell!«

»Ähm … hellseherische Fähigkeiten?«, sagt Angelique.

»Mach Platz, Mädchen. Ich hab es eilig«, knurrt Herr Niemand, und in diesem Moment fliegt die Tür auf.

Ernst, Pauline und ich halten die Luft an. Hier unter dem Bett ist es staubig und verdreckt. Außerdem spüre ich, wie mir etwas über den Arm krabbelt. Vielleicht ein Käfer. Oder eine Spinne. Ich beiße mir fest auf die Lippen, um nicht loszuquieken.

»Chloé?«, wispert Pauline dicht neben mir.

»Ja?«

»Der Staub hier kratzt ziemlich in der Nase.«

Oh, oh. Das klingt gar nicht gut. »Was passiert dann?«, flüstere ich zurück.

Pauline schnaubt. »Ich muss dann immer … ha… ha…«

»Pauline, schhht!«

»Ha…tschi!«, entfährt es Pauline schrecklich laut.

Verdammt!

Einen Moment lang ist es totenstill im Zimmer. Vom Bett aus kann ich Herrn Niemands Stiefel sehen, der kaum zwei Meter entfernt von uns steht. Er muss Pauline gehört haben. Es kann gar nicht anders sein.

»Was war das?«, fragt Herr Niemand.

»Das … war ich … hatschi!«, rettet uns Angelique. »Ich habe eine ganz fiese Allergie gegen, äh … Unordnung. Und hier drin ist es außerordentlich unordentlich.«

Auweia. Angelique ist wirklich nicht die beste Lügnerin. Ich kann förmlich sehen, wie Ernst unter dem Schreibtisch mit den Augen rollt.

»Eine Allergie gegen Unordnung? So etwas habe ich ja noch nie gehört!«, wundert sich Herr Niemand.

»Ist eben sehr außergewöhnlich und speziell. Genau wie ich.« Angeliques Füße machen einige Schritte durch den Raum. »Hier, Herr Niemand, da ist ja Ihr Ladegerät. Können Heiko und ich nun in Ruhe den Film zu Ende gucken?«

»Na fein. Kommt, raus hier, Kinder. In dieser alten Rumpelkammer haben Gäste normalerweise nichts zu suchen.« Herr Niemand macht kehrt, dann fällt die Tür hinter den dreien ins Schloss.

Vor Erleichterung fällt mir ein Riesenstein vom Herzen.

»Puh«, wispere ich und krieche unter dem staubigen Bett hervor. »Das war knapp. Alles in Ordnung, Pauline?«

»Ja, alles bestens. Sorry wegen der heftigen Niesattacke!«

Jetzt taucht auch Ernst hinter dem Schreibtisch auf. »Ist ja noch mal alles gut gegangen«, flüstert er erleichtert, klettert auf die Schreibtischplatte und öffnet das Fenster. »Kommt! Wir warten gar nicht erst, bis uns Angelique hier rausholt. Wir flüchten durchs Fenster und zeigen Oberhäusl, was wir gefunden ha–« Ernst hält inne. »Was zum Geier ist das denn für ein Geräusch?«

Jetzt hören wir es auch. Ein sonderbares Piepen tönt durch den Raum, so laut, dass man es bestimmt in der ganzen Wohnung hören kann. Zuerst tippe ich auf eine Alarmanlage, doch Pauline weiß es besser.

»Ernst! Das ist dein Handy«, ruft sie panisch. »Schnell, schalt es ab!«

»Oh Mist!«, flucht Ernst, zieht das Handy aus der Tasche und drückt hektisch auf der Stummtaste herum. Das Piepen hört auf. »Das war meine Mum! Die nervt echt zu den unmöglichsten Zeiten!«

»Sag mal, Ernst, hast du noch alle Tassen im Schrank?« Ich könnte vor Wut platzen. »Wie oft habe ich dir gesagt, dass du dein Handy nicht hierhin mitnehmen –«

Pauline zupft an meinem Shirt. »Chloé! Niemand hat uns gehört! Er kommt zurück. Schnell, nichts wie weg!«

Pauline hat recht. Mein Herz hämmert in der Brust, ich kann Niemands näher kommende schwere Schritte draußen im Flur hören. Und zu allem Übel scheint Ernst auch noch Probleme mit dem Fenster zu haben.

»Verfluchtes Fenster! Scheint, als wäre es eingefroren«, ärgert sich Ernst und zieht fest am Fenstergriff. Einen Augenblick später hat er es endlich geschafft. »Los, weg hier.«

Dann geht alles blitzschnell. Ernst flüchtet als Erster, reicht Pauline von draußen die Hand, die als Zweite nach draußen klettert. Dann endlich bin ich dran. Für einen Moment zögere ich und werfe einen Blick zurück, da sehe ich ihn. Herrn Niemands großer, unheilvoller Schatten steht im Türrahmen, wie in einem Horrorfilm. Einen Augenblick lang starre ich wie schockgefroren auf Herrn Niemands große Narbe, bis mich Ernst schließlich durchs Fenster nach draußen zieht.

EnzyKLOpädie

Kloweisheit #13:

Kennt ihr Origami?
Die japanische Kunst des Faltens?
Der neueste Schrei nennt sich nämlich
Klorigami! Darunter versteht man
das kunstvolle Falten des obersten
Klopapierblatts. Die Idee dazu kommt
übrigens nicht aus Japan, sondern
aus Nordamerika, wo sich dieser
Trend „toilegami" nennt!

Die Graffiti-Falle

»Einbrecher! Ich wusste, dass hier irgendetwas faul ist!« Während Ernst, Pauline und ich durch den eiskalten Schulhof sprinten, höre ich Herrn Niemands laute Schreie hinter uns. Er hat uns gesehen! Und jetzt denkt er offenbar, wir wollten ihn beklauen. Ha, der faltige Eddie hält ausgerechnet *uns* für Diebe! Das ist ja die blanke Ironie!

»Legt mal einen Zahn zu, Mädchen«, ruft Ernst.

»Wo … wo laufen wir eigentlich hin?«, keucht Pauline, die ein paar Meter zurückgefallen ist. Ihre Wangen sind schon ganz rot, sie hasst Sport wie die Pest.

»Zu Oberhäusl!«, gibt Ernst zurück.

»Es wird schon bald dunkel, der ist bestimmt längst zu Hause.«

»Dann aufs Mädchenklo!«, entscheidet Ernst kurzerhand. »Wir nehmen den Seiteneingang zurück ins Schulgebäude und flitzen ins abgesperrte Klo! Dort verstecken wir uns in einer der Kabinen! Jede Wette, dass Niemand da nicht nach uns sucht.«

Wir folgen Ernsts Plan, laufen einmal ums Schulhaus herum, nehmen den Seiteneingang und hasten im Höllentempo die Treppe hinauf bis zu unserer Mädchentoilette. Das Betreten ist weiterhin nicht erlaubt, immerhin war der Schaden durch den Knallkörper ziemlich groß, und die Lehrer erzählen, dass alles noch ziemlich nass ist und überall Porzellansplitter herumliegen. Aber das ist uns jetzt egal, das hier ist ein Notfall!

Als wir die Tür aufziehen, entdecken wir sofort, dass wir nicht alleine sind. Auf dem Klosofa, die Beine überkreuzt, die Augen geschlossen, sitzt Direktor Oberhäusl.

»Herr Direktor«, schreit Ernst, völlig außer Atem, und läuft auf das Klosofa zu. »Gott sei Dank, Sie sind noch da! Niemand ist uns auf den Fersen und will uns etwas antun! Schnell! Rufen Sie die Polizei!«

»Ohhhmmmm … Ernst? Bist du das?«, murmelt der Direktor und öffnet das linke Auge. Hier drin mieft es nach Patschuli und Lavendel, außerdem tönt leise Harfenmusik aus dem Radio. »Was … was ist denn passiert?«

Ich räuspere mich. »Entschuldigen Sie die Störung beim … was machen Sie da eigentlich?«

Direktor Oberhäusl setzt eine säuerliche Miene auf. »Ich meditiere natürlich!«

»Auf dem Mädchenklo?«, will Pauline wissen.

»Warum denn nicht? Das hier ist zurzeit der ruhigste Ort der ganzen Schule!« Der Direktor hebt die Schultern. »Außerdem solltet ihr mir lieber erklären, was *ihr* hier macht! Das Mädchenklo ist für euch Schüler gesperrt, und Ernst, soweit ich mich erinnern kann, bist du immer noch von der Schule verwiesen!«

»Ernst hat recht«, mischt sich Pauline schnell ein. »Es ist ein Notfall! Wissen Sie, eigentlich ist es eine ziemlich lange Geschichte –«

Direktor Oberhäusl rollt mit den Augen. »Die Kurzfassung, bitte.«

»Okay. Ernst, Chloé und ich waren heute Nachmittag heimlich in Herrn Niemands Wohnung, um –«

»Wartet mal!« Direktor Oberhäusl starrt Pauline an und schüttelt dabei verärgert den Kopf. »Ihr habt euch in die Wohnung des Hausmeisters geschlichen? Warum in aller Welt –«

Ernst platzt gleich vor Aufregung und Ungeduld. »Weil er der faltige Eddie ist, Herrgott noch mal! Und ständig Fotos von der Stadtbank macht! Und einen Piratenhut besitzt! Außerdem haben wir gesehen, wie er sich am Schulzaun mit düsteren Jungs unterhalten hat. Und dann ist da noch die Notiz auf seinem Schreibtisch, in der es –«

Direktor Oberhäusl steht jetzt endgültig auf, geht zum Radio und dreht die Harfenmusik ab. »Jetzt mal halblang, Ernst. Du bist ja ganz aufgedreht! Hast du Kaffee getrunken? Oder wieder diese Gummiwürmer gegessen, von denen du dich neulich übergeben musstest?«

»Neulich? Herr Direktor, das war vor zwei Jahren! Und damals hatte ich eine Darmgrippe! Nein, ich habe nicht zu viel Zucker gegessen!« Er schnaubt wütend. »Mensch, vielleicht sollten Sie Ihr Meditations-Zeugs mal sein lassen und stattdessen Zeitung lesen! Sie haben nämlich einen polizeilich gesuchten Bankräuber eingestellt.«

Die Miene unseres Direktors verfinstert sich. »Letzte

Warnung, Ernst! Wenn du nicht gleich damit rausrückst, was ihr hier spielt, dehne ich deinen Schulverweis bis nach Ostern aus, damit das klar ist!«

Ernst wirkt alarmiert. »Alles, nur das nicht! Bis dahin treibt mich die Privatlehrerin noch in den Wahnsinn! … Okay, okay, scheinbar wissen Sie nicht die Bohne über Herrn Niemand! Er ist ein ehemaliger Bankräuber und Teil einer Truppe namens Geldautomatenpiraten! Wir observieren ihn schon seit Tagen!«

»Ist das wahr, Chloé?« Leicht verunsichert sieht Direktor Oberhäusl nun zu mir, offenbar zweifelt er an Ernsts Verstand. »Ihr denkt, der Hausmeister ist ein Verbrecher? Und habt ihn *observiert*? Warum seid ihr nicht früher zu mir gekommen?«

»Wir dachten, Sie würden uns nicht glauben!«, antworte ich zerknirscht. »Aber jetzt haben wir endlich einen Beweis, dass Herr Niemand nicht der ist, der er vorgibt zu sein. Morgen um zwölf plant er nämlich, die Stadtbank zu überfallen. Er beobachtet sie seit Tagen!«

Ein Geräusch von draußen unterbricht mich mitten im Satz. Ich kann hören, wie Niemands Schritte über den Schulkorridor hallen und vor der Tür des Mädchenklos haltmachen.

Pauline sieht auf einmal auch verängstigt aus. »Er ist da! Versteckt euch!«, ruft sie leise und flitzt in eine der Kabinen. Dann packt sie Ernst und mich an den Schultern und zieht uns ebenfalls hinein, in die seltsame Kabine mit den zwei Toilettenschüsseln, die eigentlich kaum benutzt wird. »Los, los, hier rein, Leute.«

»Also, Kinder, das ist wirklich lächerlich!«, erklärt der Direktor und folgt uns. »Herr Niemand ist ein stinknormaler Hausmeister. Er ist vielleicht etwas wortkarg und gewinnt wohl auch keinen Sympathiewettbewerb, aber er ist bestimmt kein –«

»Ist er doch! Und außerdem für das Klo-Fiasko verantwortlich«, unterbricht ihn Ernst. »Auch wenn Sie mir nicht glauben wollen! … Schhht, er ist da!«

In diesem Moment öffnet sich die Tür zum Mädchenklo. Ernst, Pauline und ich halten vor Schreck die Luft an, selbst Direktor Oberhäusl schweigt, runzelt die Stirn und lauscht den Schritten.

Moment mal. Irre ich mich oder höre ich zwei Paar Schuhe?

»Was hast du vor? Meinst du nicht, dass wir besser gehen sollten, Liebling?«, sagt die Stimme eines Mannes, die ich noch nie zuvor gehört habe. »Hast du hier nicht schon genug angestellt?«

Vor lauter Verblüffung schlägt mir das Herz bis zum Hals. Das da draußen bei den Waschbecken ist nicht Herr Niemand! Aber wer zum Geier ist es dann?

»Ein letzter Denkzettel noch«, antwortet nun eine weibliche Stimme. »Ich habe extra ein Dutzend Spraydosen gekauft, um endgültig alles zu verwüsten. Wenn ich dieses Mal mit dem Mädchenklo fertig bin, wird die Toilette ein für alle Mal dischtgemacht.«

Ein Mann und eine Frau also. Und was meint die Frau denn mit … *dieses* Mal? Soll das etwa heißen … wer auch immer sich da draußen befindet, verübt nicht zum ersten Mal eine Schandtat? Aber was ist dann mit Herrn Niemand? Und Heiko? Mit einem Schlag bin ich völlig ratlos und weiß nicht mehr, was ich denken soll.

»Und was ist, wenn man uns entdeckt?«, fragt nun der Mann, bevor ich mir weiter den Kopf zerbrechen kann.

»Wird man nischt!«, antwortet die Frau schnippisch. Ich höre, wie eine der Spraydosen geschüttelt wird. »Solange es aussieht, als hätte dieser belämmerte Jünge mit der Kappe das hier angestellt. Wenn wir das Video nachher wie zuvor ins Internet stellen, bekommt der Jünge Schulverbot bis ins nächste Jahrhundert!«

»Ist das nicht ein bisschen zu ungerecht?«, versucht der Mann einzulenken.

»Na und?«, gibt die Frau zurück und öffnet die Dosenkappe. »Angelique konnte ihn eh nie leiden! So, und jetzt sag mir, womit ich beginnen soll! Schwarze Farbe, quer über die Klowand?

In diesem Moment geht mir ein Licht auf! Und während ich eins und eins zusammenzähle, reißt Direktor Oberhäusl kurzerhand die Klotür unseres Verstecks auf.

»Ha! Veronique! Hände hoch und Dose runter!«, schreit er. »Kaum zu glauben, dass Sie uns all die Wochen an der Nase herumgeführt haben.«

Ich kann nicht begreifen, was ich sehe. Vor mir steht Angeliques Mutter, ganz in Schwarz, mit einer Farbspraydose in der Hand, kurz davor, unser Mädchenklo mit Graffiti zu verschandeln. Neben ihr steht ein fremder, dunkelhaariger Mann, aber ich tippe darauf, dass das ihr neuer Freund sein könnte, von dem Angelique neulich im Café erzählt hat.

»Huch! Direktor Oberhauser! So eine Überraschung. Isch bin nur hier, um misch etwas frisch zu machen. Mit *diese* Deodorant.« Angeliques Mutter setzt eine Unschuldsmiene auf, zückt die Dose und sprüht sie sich an den Körper. »Sehen Sie? Das ist nur Düft.«

Irks! Pauline und ich verziehen angeekelt das Gesicht! Hat sich die rosarote Sumpfhexe tatsächlich gerade Farbe unter die Arme gesprüht? Das ist ja abartig!

»Ich glaube Ihnen kein Wort«, beharrt Oberhäusl.

»Und ich finde Graffiti ja eigentlich cool, aber Sie sind bestimmt nicht begabt, also üben Sie lieber in irgendwelchen Hinterhöfen anstatt auf unserem Mädchenklo«, brummt Ernst.

Angeliques Mutter lässt den Kopf hängen. »Na fein, isch gebe es zu, isch war es, die das Mädchenklo verwüstet hat. Aber doch nur, weil Sie, Herr Direktor, nicht verstehen wollten, dass Sie mit Ihrem unnötigen Klo-Faible das Schulbudget verschwenden.« Sie schnieft. »Meine arme Angelique und ihre Freunde können dieses Jahr keine Klassenreise unternehmen, bloß weil Sie nischt sparen können.«

»Jetzt aber mal halblang, Veronique«, schnaubt der Direktor. »Ihnen geht es doch gar nicht um Ihre Tochter! Denken Sie nicht, ich weiß nicht, wer das hier ist?« Anklagend deutet er auf den dunkelhaarigen Mann, der inzwischen ein paar Schritte zurück an die Waschtische gewichen ist. »Ihrem Bekannten hier gehört der *Actionpark*. Ich habe sein Foto erst neulich in der Zeitung in der Wirtschaftsrubrik gesehen!« Er zwinkert Ernst zu. »Siehst du, ich werfe *doch* ab und an einen Blick in die Tageszeitung. Dort stand, dass der Park im Moment kaum noch Besucher anzieht und Sie schließen müssen, wenn sich daran nicht bald etwas ändert.«

»Das ist richtig«, gibt der *Actionpark*-Besitzer zerknirscht zu.

Die Sumpfhexe seufzt. »Ich wollte doch nur helfen. Hätte es das teure Klo nischt mehr gegeben, wollte ich Sie von einem jährlichen Ausflug aller Klassen in den Park überseugen.«

Entsetzt gucke ich von der Sumpfhexe rüber zu Mr *Actionpark*. Hunderte von Schülern, die Jahr für Jahr ihre Klassenfahrt dorthin machen und all ihren anderen Freunden berichten, wie cool die Loopings sind und wie lecker die Zuckerwatte ist … damit hätte man den *Actionpark* sicher vor dem Ruin bewahren können.

»Aber ich verstehe das nicht«, mische ich mich nun ein. »Wenn Angeliques Mutter hinter den beiden Klo-Fiaskos steckt, was ist dann mit Herrn Niemand? Dieser gruselige Kerl geistert in diesem Moment durchs Schulhaus, drauf und dran, uns den Hals umzudrehen –«

Ich komme nicht dazu weiterzusprechen. Die Tür zum Flur fliegt krachend auf und Herr Niemand höchstpersönlich baut sich im Türrahmen auf. Der finstere Blick, den er mir zuwirft, verheißt nichts Gutes.

»Da seid ihr ja!«, knurrt Herr Niemand und tritt näher.

»Hilfe«, winselt Pauline und versteckt sich hinter Direktor Oberhäusls Rücken. »Er kommt, um uns zu holen.«

»Genug jetzt!«, ruft der Direktor. »Herr Niemand, keinen Schritt weiter, bleiben Sie, wo Sie sind! Können Sie mir erklären, warum sich diese Kinder hier benehmen, als wären Sie Graf Dracula höchstpersönlich?«

»Weil ich die Bande gerade dabei ertappt habe, wie sie in meine Wohnung eingebrochen ist!«, schnaubt Herr Niemand. »Bestimmt waren die Bengel hinter meinen Fotos her! Aber eins ist gewiss – wenn ihr beim Fotowettbewerb gewinnen wollt, müsst ihr euch selbst ins Zeug legen.«

»Fotowettbewerb?«, wiederholt Ernst. »Wir waren doch nicht hinter Ihren Fotos her, sondern hinter dem hier«, erklärt er und holt die blaue Notiz aus seiner Tasche. »›Donnerstag, 12:00, Stadtbank‹. Erklären Sie uns lieber, was Sie morgen dort anstellen wollen.«

»Na, das zukünftige Siegerbild für den Fotowettbewerb der Stadtbank abliefern. Donnerstagmittag ist nämlich Abgabeschluss.« Herrn Niemands Augen strahlen. »Ich habe im Park vor der Stadtbank eine Sumpfmeise fotografiert. Habe ewig gebraucht, bis ich eine richtig gute Aufnahme von ihr schießen konnte.«

»Was für ein Lügenmärchen«, flüstert mir Ernst zu. »Ich glaub, der Kerl hat selbst ’ne Meise!«

»Sie sind also Hobby-Ornithologe?«, wundert sich der Direktor.

Da erinnere ich mich plötzlich an die vielen Bücher in Niemands Wohnung. »Die Story glaube ich ihm sogar, Ernst«, wispere ich zurück. »Er scheint sich wirklich für Vögel zu interessieren.«

»Mag sein! Aber was ist mit den seltsamen Kerlen, mit denen Sie vor einigen Tagen am Schultor gestritten haben?«, mischt sich Pauline ein. »Die sahen aus, als gehörten sie einer Verbrecherbande an.«

»Hatten die Jungs zufällig Lederjacken an? Und Schulrucksäcke über den Schultern?« Direktor Oberhäusl beginnt zu lachen. »Das waren doch nur drei Schüler aus der Abschlussklasse. Herr Niemand hat sie beim Schulschwänzen erwischt und mir davon erzählt.«

»Das waren Schüler?«, ruft Ernst entsetzt. »Die sahen so … alt aus.«

Der Direktor schmunzelt. »Wenn *ich* öfter in die Zeitung gucken soll, solltest *du* öfter mal vom Handy hochgucken und deine Mitmenschen genauer unter die Lupe nehmen. Dann wüsstest du das nämlich.«

Auch wenn die Argumente gut sind – ganz überzeugt bin ich noch nicht. »Selbst wenn«, knurre ich und verschränke die Arme. »Das erklärt trotzdem nicht, warum Herr Niemand dem Bandenchef der Geldautomatenpiraten zum Verwechseln ähnlich sieht, der seit einigen Wochen auf freiem Fuß ist.«

»Ihr meint den faltigen Eddie, den sie gestern geschnappt haben?«, mischt sich der Freund von Angeliques Mutter ein. »Der sitzt längst wieder im Gefängnis.«

Ich kann nicht glauben, was ich da höre. War ich in den letzten Tagen so beschäftigt mit Herrn Niemand, dass ich das nicht mitbekommen habe? »Der faltige Eddie wurde geschnappt? Ist das wahr?«

»Kam gestern in den Nachrichten«, bestätigt auch der Direktor.

Ich beiße mir auf die Lippe. »Dann ist wohl auch der Piratenhut in Heikos Zimmer –«

»… nichts als ein Accessoire für Gandalfs Armee, wenn uns mal der Sinn nach *Der Fluch der Karibik* steht«, erklärt Heiko, der in diesem Augenblick mit Angelique das Mädchenklo betritt.

»Mama?«, quietscht Angelique überrascht und drängt sich nach vorne. »Was in aller Welt hast du denn hier zu suchen?«

Alle Blicke gleiten zu Angeliques Mutter. »Na los! Sagen Sie es ihr, Veronique!«, fordert der Direktor sie auf.

»Isch war das, Angelique. Nicht Herr Niemand, sondern isch. Du weißt schon, die Klo-Verwüstung«, gibt Angeliques Mutter zu. »Und isch habe alles Ernst in die Schuhe geschoben.«

Angeliques Mund steht offen. »Du hast *was*?«

»Aber es war nur zu eurem Besten«, rechtfertigt sie sich. »Isch wollte, dass genug Geld übrig bleibt, damit ihr im Frühjahr in den Vergnügungspark –«

Angelique rollt mit den Augen. »Mama, unser Mädchenklo ist doch zehntausendmal wichtiger! Der *Actionpark* ist außerdem total lahm!«

»Also, entschuldige mal bitte, bei uns gibt es sogar verschiedenfarbige Zuckerwatte!«, mischt sich Veroniques Freund ein.

Angelique gähnt. »Ultralahm.«

»Angelique hat recht«, hilft ihr Heiko und schiebt sich vor seinen Vater. »Die Schüler des Notburga-von-Sorgenfrey-Gymnasiums würden ihr Mädchenklo um nichts in der Welt eintauschen. Nicht mal gegen *Disneyland*. Oder gegen einen Ausflug nach Hawaii.«

Ich lache. »Hawaii? Nun, in dem Fall müsste ich noch mal überlegen … ach Quatsch, natürlich nicht.«

»Und ihr dachtet wirklich, mein Vater ist der faltige Eddie?«, will Heiko wissen. »Er sieht zwar etwas gefährlich aus, ist aber in Wahrheit so langweilig wie seine Hobbys. Und er hält *Herr der Ringe* für einen Juwelier.«

»Sorry, dass wir bei Ihnen eingebrochen sind, Herr Niemand«, murmle ich. »Und dass wir dachten, *Sie* hätten das Mädchenklo auf dem Gewissen.«

»Kinder, warum sollte *ich* so was tun? Ich bin der Hausmeister und musste das Chaos ja mit beseitigen.« Herr Niemand rollt mit den Augen, dann fällt sein Blick aus dem Fenster. »Aber ich wüsste, wie ihr es wiedergutmachen könntet. Es schneit schon wieder! Ihr könntet mir helfen, den Schulgarten von Schnee und Eis zu befreien. Bei der Größe von zwei Fußballfeldern dauert das alleine nämlich ewig. Na, wie wär's?«

»Das Angebot würde ich annehmen, Leute!«, rät uns der Direktor.

»Gut, dass *ich* mich nicht unerlaubt zu den Niemands geschlichen habe, sondern offiziell eingeladen war«, freut sich Angelique diebisch. »Ich hätte heute nämlich keine passenden Schuhe dabei. Ein Pech aber auch!«

»Ich kann dir Schneestiefel leihen«, bietet Heiko an.

Angelique seufzt. »Ich glaube, ich würde jetzt doch lieber mit dir fernsehen, Heiko.«

Schließlich gibt sie sich doch noch einen Ruck und wir schippen über eine Stunde lang alle gemeinsam Schnee. Im Anschluss helfen wir Niemand noch beim Wechseln der Glühbirnen, dabei erzählt er uns, wie man Vogelarten treffsicher identifizieren kann, was eine Sumpfmeise von einer Weidenmeise unterscheidet und welche Vögel im Winter in den Süden ziehen. Das Ganze ist so langweilig, dass ich mich in den Englischunterricht der Kümmel wünsche.

Am Ende des Tages macht sich Herr Niemand aber doch noch mal beliebt. Zum Abschied erklärt er uns, dass er das Mädchenklo für den coolsten Ort der Welt hält. Zumindest, bis das Jungsklo offiziell eröffnet wird.

Spieglein, Spieglein an der Wand …

Inzwischen ist es ein paar Wochen her, dass wir Angeliques Mutter auf frischer Tat auf dem Mädchenklo ertappt haben. Als Angelique dann auch noch den vermissten Turnschuh in ihrem Schuhschrank entdeckt hat, hat ihre Mutter vor lauter Verlegenheit das Amt als Chefin des Elternvereins niedergelegt und es Ernsts Mutter überlassen. Ernst ist darüber richtig froh, denn jetzt hat seine Mutter so viel um die Ohren, dass sie nicht mehr ständig dazu kommt, ihn anzurufen und zu kontrollieren.

Die rosarote Sumpfhexe hat Oberhäusl übrigens nur mit einem blauen Auge davonkommen lassen, weil sie versprochen hat, die Reparatur der Schäden zu bezahlen und selbst bei den Aufräumarbeiten zu helfen. Und weil Direktor Oberhäusl ihr eins auswischen wollte, hat er ihr danach auch noch einen Pümpel in die Hand gedrückt und sie eine verstopfte Lehrertoilette reparieren lassen.

Aber seit gestern spricht ohnehin kaum noch jemand über Angeliques Mutter und das Mädchenklo-Fiasko. Denn am Notburga-von-Sorgenfrey-Gymnasium gibt es ein anderes Topthema: das nagelneu eröffnete Jungsklo!

Und, Leute, zum ersten Mal ärgere ich mich ein wenig, kein Junge zu sein – denn die Toilette ist echt der Hammer! Es ist weder ein Grusel-Klo noch eine kanadische Wildnis-Toilette geworden, sondern eine Mischung aus alldem: Es gibt nicht nur eine Dartscheibe, eine Spielkonsole und einen Tischkicker, sondern auch bedrucktes Klopapier, von dem man Fußballwissen lernen kann. Seit gestern muss der arme Herr Klaus die Jungs vor jeder Mathestunde aus dem Schulklo holen, weil sie die Schulglocke überhören.

»Echt *fabeltastisch*, dass ihr wirklich den Mumm hattet und bei Niemand eingebrochen seid«, lobt uns Katja in der Pause, als Ernst, Pauline, Angelique und ich am Schulkiosk für das Frühstück Schlange stehen. »Und dabei gleich mal das Klo-Phantom entlarvt habt. Unfassbar, dass die rosarote Sumpfhexe das alles angestellt hat.«

»Nur ich hätte die Sache fast verpatzt, als ich unter Niemands Bett plötzlich niesen musste«, gibt Pauline zu.

Ernst legt den Arm um Pauline. »Quatsch. Pauline, du warst die Coolste! Wie du aus dem Fenster geflüchtet bist! Und uns auf dem Mädchenklo kurzerhand in die Kabine gezerrt hast! Du würdest echt eine klasse Kriminalkommissarin abgeben!«

Pauline strahlt über beide Ohren. Wer weiß, vielleicht hat Ernst ja doch eine Schwäche für Pauline? Jetzt, da wir das Klo-Fiasko aufgeklärt haben, muss ich ihm unbedingt vorsichtig auf den Zahn fühlen.

»Was meint ihr, wollen wir heute Nachmittag ins Café Cleo gehen?«, schlägt Katja vor. »Ich hätte richtig Lust auf einen Milchshake!«

Wir finden die Idee klasse, nur Angelique zögert. »Ich bin schon verabredet«, gibt sie zu.

»Ach ja? Mit wem denn?«, will Ernst wissen.

»Äh, mit Heiko. Nach dem Zwischenfall neulich konnten wir den Film gar nicht zu Ende gucken. Wir haben im spannendsten Moment aufgehört und sind Heikos Vater aufs Mädchenklo gefolgt … und jetzt will ich schon gern wissen, wie er zu Ende geht.«

Pauline lacht. »Unfassbar, dass du ihn jetzt doch leiden kannst.«

Angelique hebt die Schultern. »Eigentlich ist er gar nicht so übel.«

Gerade als ich Angelique fragen will, ob Heiko immer noch unsterblich in sie verknallt ist, stößt Direktor Oberhäusl zu uns, der soeben die letzten Schlucke eines grünen Smoothies leert.

»Guten Morgen, ihr *Observierer*!«, lacht er. Direktor Oberhäusl zieht uns immer noch damit auf, dass wir Herrn Niemand für einen Bankräuber gehalten haben. Zum

Glück ist der nicht mehr böse und wir können alle darüber lachen. »Weil ich dank eurer Hilfe das Klo-Phantom zu fassen bekommen habe, gibt es heute eine Überraschung für euch.«

»Eine Überraschung?«, will Pauline wissen.

»Das Mädchenklo ist seit heute wieder in Betrieb!«

»Oh, Gott sei Dank!«, rufe ich erleichtert. Weil wir die letzten Wochen genau wie die Jungs die Mobiltoiletten benutzen mussten, weiß ich nun echt, wie hart der Winter hier in Deutschland sein kann.

»Und nicht nur das! Euer Mädchenklo ist schöner denn je! Nun, da wir die Klassenfahrt haben sausen lassen, konnte ich nämlich ein zusätzliches Feature einbauen!«

Jetzt ist unsere Neugierde geweckt. Wir verzichten auf unseren Platz in der Warteschlange des Kiosks und folgen Direktor Oberhäusl bis vor das Mädchenklo.

Vor der Tür hält er an. »So, bitte, seht es euch an! Nun, da das Ganze wieder offiziell ist, habe ich als Mann Zutrittsverbot.«

Pauline späht in den Vorraum. »Keiner da. Sie dürfen mit rein, Herr Direktor. Ausnahmsweise.«

»Na fein.« Direktor Oberhäusl begleitet uns in den Vorraum der Mädchentoilette, wo alles wieder in altem Glanz erstrahlt. Die Schmierereien sind verschwunden, das viele Wasser wurde aufgewischt, die zersplitterte Kloschüssel ersetzt – ja, selbst der Kaugummiautomat wurde neu gefüllt.

»Hey! Was ist denn das?«, ruft Pauline und stürmt auf das Waschbecken zu. Direkt darüber hängt ein opulenter goldener Spiegel, den ich noch nie gesehen habe und der gut und gerne aus *Schneewittchen* stammen könnte. Er sieht aus, als hätte er Unsummen gekostet.

»Wow! Das ist ja mal ein schöner Spiegel«, lobe ich den Direktor.

»Das ist kein gewöhnlicher Spiegel. Das ist der Damentoiletten-Charmeur 3000, ein neues Modell, das ich auf einer japanischen Website entdeckt habe, als ich mir neue Räucherstäbchen bestellen wollte. Drückt mal den Knopf da.«

»Cool ...« Pauline geht etwas näher und legt ihren Finger auf den großen Knopf am Rahmen. Einen Augenblick später beginnt die Spiegelfläche zu funkeln und zu schimmern, als hätte sie jemand mit Glitzerspray besprüht.

»Deine Haut ist wie Alabaster, deine sind Lippen so rot wie Erdbeermarmelade! Du bist das schönste Mädchen der Schule«, ertönt es plötzlich aus dem Spiegel.

»Der Spiegel kann sprechen! Und er macht Komplimente!«, staune ich und nehme Paulines Platz vor dem Spiegel ein. »Ich will ihn auch mal ausprobieren.«

»Dein honigfarbenes Haar leuchtet in der Sonne, deine Augen glänzen wie Rubine. Du bist das schönste Mädchen der Schule«, sagt der Spiegel zu mir.

Ich muss grinsen. »Das ist ja der Hammer! Ich hab zwar

kein honigfarbenes Haar, aber ich wette, Angelique wird den Spiegel lieben.«

»Die Jungs haben auch einen Spiegel bekommen«, sagt Direktor Oberhäusl jetzt. »Allerdings frage ich mich nun, ob er ihnen auch Komplimente zu ihren roten Lippen macht. Hm, ich glaube, ich sollte mal nachsehen.«

»Hey, Mädels, wollt ihr das Neueste hören?«, ruft plötzlich Ernst, der den Kopf in die Mädchentoilette steckt. »Wir haben auf dem sanierten Jungsklo auch einen neuen Spiegel! Und wisst ihr, was? Das Ding verrät uns die besten Ausreden, die man bringen kann, wenn man die Hausaufgaben vergessen hat! Ist das nicht abgefahren?«

»Ups …« Direktor Oberhäusl setzt ein gequältes Lächeln auf. »Ich glaube, das war eine Fehllieferung. Den werde ich natürlich sofort umtauschen.«